講談社文庫

千石の夢

公家武者信平《のぶひら》ことはじめ㈤

佐々木裕一

講談社

目次

千石の夢——公家武者信平《のぶひら》ことはじめ（五）

第一話　桜の花びら

一

朝から風が強い日のことであった。

北東側に聳《そび》える江戸城天守閣を間近に拝める吹上《ふきあげ》の大通りは、土埃《つちぼこり》が舞わぬよう水が打たれている。その通りに堂々たる門を並べるのは、徳川御三家《とくがわごさんけ》。その中でもっとも天守閣寄りに屋敷《やしき》を構えるのは、紀州《きしゅう》徳川家だ。

そして今、立派な表門が音を立てて開き、松姫《まつひめ》が乗る駕籠《かご》が出てきた。

いつものように、侍女の竹島糸《たけしまいと》が駕籠の横に寄り添い、羽織袴《はおりはかま》を着けた中井春房《なかいはるふさ》が露払いを務めている。

駕籠を送り出した門番たちは、姿が見えなくなるまで見送ることもなく、早々に引き上げて、表門を閉ざしにかかった。

左右の大門がきっちり合わさると同時に、右側の潜《くぐ》り門が音もなく開けられ、覆面をした侍が二人出てきた。忍び足で門の端へ行き、柱の陰から通りを覗《のぞ》き見ている。

その先には、道ゆく松姫の駕籠がある。

大門を閉め終えた門番の二人が、門前に立つために潜り門から出てきた。すると一人が覆面をした怪しい二人に気付き、目を見張った。

「そこで何をしておる！」

背後から怒鳴られた覆面の二人は、飛び上がるように驚いた。

怪しい奴《やつ》め、と言わんばかりに六尺棒を構えて詰め寄る門番に振り向いた一人が、通りに響く大音声《だいおんじょう》を発して、覆面を外《はず》して見せた。

「たわけ！」

「ああ！」

二人の門番は同時に声をあげ、仰天《ぎょうてん》して尻餅をついた。

無理もない。二人の前に仁王立ちするのは、紀州五十五万五千石の主だった。

権大納言《ごんだいなな》頼宣《ごんよりのぶ》たる者が、覆面をして、物陰からこそこそと通りの様子をうかがっているのだから、門番たちは六尺棒を放り出して平伏《ひれふ》し、大声で詫《わ》びた。

「平《ひら》に、平にご容赦を」

「大納言様、命ばかりは、どうかお助けください」

松姫まで届きそうな声に、頼宣は慌てた。

「これ、静かに、静かにせい」

罰は与えぬと言って黙らせた頼宣は、共にいた侍の腕を引いて門前に出た。通りに小さく見える松姫の駕籠を見ながら、侍に言う。

「どうじゃ。怪しいであろう」

「はあ……」

側近の戸田外記《とだげき》は、天守閣と駕籠を順に見て首をかしげる。

「しかし殿、駕籠が進む方角から考えますと、本理院《ほんりいん》様の御屋敷に行かれるのではございませぬか」

頼宣は不機嫌になった。

「つべこべ申さずに、後を追わぬか」

「はは」

「よいか。決して、姫に気付かれるでないぞ」

「心得ました」

こうして戸田外記は、頼宣に追い出されるように駕籠を追った。

辻灯籠《つじどうろう》に隠れ、道ゆく侍の背後に隠れ、明らかに怪しい動きで駕籠を追ってゆく。

そして戸田は、姫の駕籠が本理院の屋敷を素通りして行くのを見て、

「やはり、殿の申されたとおりか」

気が重くなり、ため息をついた。

姫が外出をすると知った頼宣が、

「わしを謀《たばか》って、信平《のぶひら》に会いに行くつもりじゃ。探《さぐ》ってまいれ」

怪しいと言いだし、戸田を引っ張り出したのである。

今や、紀州藩邸内のほとんどの者が、鷹司《たかつかさ》松平《まつだいら》信平と松姫が共に暮らせる日が来ることを願っていると言っても過言ではない。

将軍家光《いえみつ》の正室《せいしつ》であった姉の孝子《たかこ》を頼り、江戸にくだった信平は、家光の許しを得て、五十石で召し抱えられた。

その後、家綱《いえつな》のはからいで松姫と夫婦になったのだが、

「千石になるまで、姫は渡さぬ」

娘を思う頼宣の一声で、信平と松姫は、共に暮らすことを許されなかった。

信平は俸禄《ほうろく》の加増を重ね、先日やっと、七百石になったばかりである。

このことはまだ紀州徳川家には伝わっておらず、誰もが皆、千石にはまだまだ程遠いと思っている。

それゆえ、二人がこっそり会うことは、

「夫婦なのだから、よいではないか」

「殿様は、酷《ひど》いお人だ」

などと陰口をたたく者もいる。

そういった声があることを知っている戸田は、

「殿の往生際《おうじょうぎわ》の悪さにも、困ったものだ」

不平を独りごちながら、重き足取りで駕籠を追った。

上野北大門町《きただいもんちょう》の蠟燭《ろうそく》問屋、大門屋《だいもんや》徳三郎《とくさぶろう》の店《たな》に入った松姫を見届けた戸田は、表に待つはずの駕籠がどこかへ行ってしまったことを不思議に思い、店の軒先に隠れて見張っていた。

すると、町娘に扮《ふん》した松姫が出てきたではないか。

侍女と糸と中井は、松姫から離れて後をついてゆく。

三人にとっては、もはや慣れたことであったが、

「なんたることだ」

初めて見た戸田は、愕然《がくぜん》とした。

徳川御三家の姫君が、町娘に変装してみだりに町を歩いている姿など、想像もしていなかったのである。

糸と中井を捕まえて、これはどういうことかと問い詰めてやりたい気持ちになったが、

「探れ」

頼宣の睨《にら》むような顔が頭に浮かび、思いとどまった。

桜が咲きはじめたこの時期、花見に出かける人で通りは混雑し、油断すれば刀の鞘《さや》が当たりそうだ。

その人ごみを、松姫は苦にせず歩んでいる。

これまでほとんど屋敷から出たことがない松姫が、よそ見をして歩く町の者に当たりそうになっても、うまくかわして人のあいだを縫うように歩いている。自分のほうが人とぶつかってしまった戸田は、松姫のことが急に頼もしく思えてきた。目の前を横切った荷車に気を取られたせいで一瞬見失い、遠くに見つけて後を追った。

松姫は浅草《あさくさ》に向かい、浅草寺《せんそうじ》門前を通り越して、花川戸町《はなかわどちょう》へ道を曲がった。

ますます人が増えてきた。

見失うまいと必死の戸田は、鞘が人に当たるのも構わず進んでいると、

「あっ」

思わず声をあげて、近くの店の中に身を隠した。

背中の大きな男がふいに路地へ曲がったと思ったら、目の前に姫がいたのだ。

「ばれたか」

そう思い、恐る恐る顔を出した戸田は、目を見張った。松姫の前に、鶯色《うぐいすいろ》の狩衣《かりぎぬ》を着た若者がいたからだ。

「信平殿だ」

思わず出た声が大きく、戸田は身を隠して柱の陰からそっと見た。

たった今会ったばかりなのか、向かい合って微笑《ほほえ》んでいる二人がやけに輝いて見えた戸田は、見てはいけないものを見たような気がして、顔が熱くなってきた。

ふと視線を感じて顔を向けると、店の男と客の男が、戸田のことを迷惑そうに見ていた。

戸田が隠れているのは扇屋《おうぎ》で、店の戸口を塞《ふさ》いでいたのだ。

「邪魔をしていたようだな。許せ」

言葉は落ち着いているが態度は慌てている戸田は、出ようとして敷居《しきい》でつまずき、

つんのめって転びそうになりながら外に出た。

まずいと思い羽織の袖で顔を隠しながら見ると、信平と松姫はこちらに背中を向けて歩きだしていた。

糸と中井は二人を見守ることに集中し、戸田のことは目に入らぬ様子。

信平と松姫は、民でにぎわうこんな町中で何をするのかと思っていると、小さな茶店に入るではないか。

そこが、信平と松姫が最初に出会った茶店だと知らぬ戸田は、軽い目まいがして、眉間をつまんで頭を振った。殿に知らせねばと、矢立《やたて》と帳面を出して書きとめた。

つらつらと筆を走らせているうちにも、二人は店の老婆と親しげに話し、奥に入っていった。

通りで騒ぎが起きたのは、その時だ。

町民が大勢集まる下町では、日々喧嘩《けんか》が起こる。

珍しいことではないが、それでも野次馬が集まり、当人たちを煽《あお》って調子にのせるものだから、余計に喧嘩が大きくなる。

此度《こたび》の喧嘩も、やくざ者と大工が、肩が触れた触れないの小さないざこざだったが、野次馬に煽られたやくざ者が、頑として頭を下げぬ大工を相手に引っ込みがつかなくなり、とうとう刃物を抜いた。

大工も腕っぷしに自信があるらしく、

「来るならきやがれってんだ！」

道具箱からのみを出して対峙《たいじ》した。

やくざ者の仲間が騒ぎを知って二人駆けつけ、大工は途端《とたん》に囲まれた。

それでも意地を張り、

「やれるもんなら、やってみやがれ！」

今にも斬り合いになりそうだ。

多勢に無勢、大工に勝ち目はない。

中井が、よせばいいのに止めようとしてやくざ者の肩をつかんだ。だが、頭に血がのぼっているやくざ者が言うことを聞くはずもなく、

「邪魔をするんじゃねえ！」

怒鳴って中井の顔を殴った。

鼻を押さえて痛がる中井は、糸に腕を引かれて野次馬の中に下がった。

「馬鹿な奴だ」

そう言った戸田は役目を優先させ、目立たぬように見守っている。

大工は背中を蹴られ、腹を蹴られ、やくざ者に痛めつけられている。

容赦ない仕打ちに舌打ちをした戸田は、たまりかねて止めに入ろうとした。だがその時、茶店から駆け出てきた信平が、大工を蹴ろうとしていたやくざ者の首を手刀で打ち、気絶させた。

「何しやがる」

仲間が刃物で斬りつけようとしたが、

「うっ」

狩衣姿の信平に覚えがあるらしく、振り上げた刃物を下ろしてもう一人の仲間に言う。

「おい、こいつはまずいぜ」

「おう」

信平を見て怖気付《おじけ》いた仲間が、大工を指差す。

「お前、おぼえてやがれ」

捨て台詞《ぜりふ》を吐き、信平には愛想笑いをして下がると、気を失っている仲間を抱えて逃げて行った。

大工は大工で、岡っ引きが来る姿を見るや、

「いけね」

　信平に礼も言わずに逃げ去った。

　野次馬も、すぅっと潮が引くようにいなくなり、残された信平は、何ごともなかったように店に戻った。

　遅ればせながら参上した岡っ引きが、

「おい、なんだ。いってぇ何があったんだい」

　誰に訊《き》いても答えがなく、呆《ほう》けたようにあたりを見回していた。

二

「信平は、そのようなところに姫を呼び出したのか」

　戻った戸田から報告を聞いた頼宣は、機嫌を悪くした。

「姫に怪我《けが》はないのだろうな」

「はい。信平殿が、早々にやくざ者を追い払われましたので」

「何、姫がそばにおるというのに、関わったのか」

「いえ、関わるまでもなく、手刀の一撃で相手を倒されました。その腕前たるや見事なもの。それでいて品格があり、民にお優しく、まことに優《すぐ》れた人物とお見受けいたします」

頼宣は、信平を褒めそやす戸田を睨み、

「あたり前だ！」

姫の婿《むこ》だぞと言いかけて、口を閉ざした。

空咳《からせき》で誤魔化《ごまか》し、意外そうな顔を向けている戸田に背を向ける。

「とにかく、今後姫が危ない目に遭わぬよう、何か手立てを考えろ」

「共にお暮らしになるのが一番かと」

つい出た本音に、戸田がはっとして手で口を押さえた。

「今、なんと申した」

頼宣が目を細め、戸田は顔を青ざめさせて下を向く。

「戸田よ」

「はい」

背筋を伸ばす戸田に、頼宣は厳しく言う。

「わしと信平の約束を知らぬそちではあるまい」

「されど殿、なんと言いますかその……」

躊躇《ためら》う戸田に、頼宣は苛立《いらだ》つ。

「苦しゅうない。はっきり申せ」

「では、申し上げます。お二方は、強く想《おも》い合われてございます。屋敷にお閉じ込めになり、お会いできぬようにされますと、姫がまた、病になられるのではないかと、それが心配にございます」

頼宣は戸田の目を見据えた。

「そのようなことは、言われなくとも分かっておる。わしが申しておるのは、もっとその、うまい具合にだな……」

言葉に詰まり、ええい、と舌打ちをした頼宣が顔を横に向けた。

「早《はよ》う出世せぬ信平のせいじゃ」

小声でぼやいたのを聞き逃さぬ戸田が、笑みを堪《こら》えている。気付いた頼宣が、煙たそうな顔をして手を振った。

「もうよい、下がれ」

「はは」

頭を下げて部屋から出ていく戸田を目で追っていた頼宣は、ため息をつく。

「まったく、どいつもこいつも……。わしの気持ちなど、分かるまい」

その数日後、頼宣はそれとなく松姫に外出を控えるよう伝えるために、奥御殿へ渡った。

「姫、茶を点《た》ててくれぬか」

突然現れて言う父に、松姫は笑みで応じて茶室に入った。

侍女の竹島糸は松姫の用事をしているらしく、狭い茶室に親子二人きり。何を話すでもなく、聞こえるのは鳥のさえずりと、茶釜に沸《わ》く湯の音だけだ。

松姫は、桜の花びらと雲の模様が見事な、薄桃色の打掛けがよく似合っている。

頼宣はそのことを褒めたものの、次の言葉が出ぬ。ここ数日、外出のことを松姫になんと言おうか考えていたのだが、いざ目の前にすると、

「近頃、市中に出かけることが多いようじゃな」

茶を一服するあいだに出た言葉が、これだけであった。

返された茶碗《ちゃわん》を受け取った松姫は、丁寧に手入れをしながら、黙っている。

何も言わぬ松姫の横顔を、頼宣が覗き込むようにして様子をうかがった。

松姫は、言いわけを考えているのか、父と目を合わせようとしない。

「姫様、信平様から文《ふみ》が届きました」

竹島糸が声をかけ、障子《しょうじ》を開けた。

頼宣が居ることを知らなかった糸は、はっとなり、

「ご無礼いたしました」

慌てて障子を閉めようとしたが、

「構わぬ、入れ」

頼宣に言われ、恐る恐る入ってきた。

「姫、この場で読むがよいぞ」

また外出の誘いではないかと案じた頼宣が、糸に、文を渡すよう命じた。

松姫は文を受け取り、静かに目を通した。そして、明るい顔を頼宣に向けた。

「五百石のご加増が決まったそうにございます」

「何、五百石じゃと」

頼宣が目を丸くし、

「でかした！」

思わず膝をたたき、笑みがこぼれた。

「これで七百石のお旗本《はたもと》でございます」

糸が嬉《うれ》しそうに言うと、頼宣は慌てて真顔を作り、咳ばらいをした。

「さよう。七百石と申せば立派な旗本じゃ。その旗本の妻が、みだりに市中をうろつ

くのは感心せぬぞ」

糸が息を呑《の》み、松姫は押し黙ったが、頼宣は誰の目も見ずに、茶室から立ち去った。

頼宣は口には出さなかったが、松姫が文を最後まで読まずに懐《ふところ》におさめたのが気になっていた。

おそらく、外出の誘いが書かれているのであろう。

「戸田、何かよい手はないのか。姫はまた外出をしてしまうぞ」

表御殿に戻るなり、頼宣は側近の知恵を求めた。

「さようですか。七百石にご加増とは、やはりたいしたお方ですね」

聞こえていないふりをする戸田に不服そうな顔をした頼宣は、閉じた扇子《せんす》で床をたたき、先を向ける。

「感心ばかりしておらずに、知恵を絞らぬか」

「なんのことでしたか」

とぼけた態度に、頼宣は怒気を浮かべて言う。

「じゃから、姫を外に出さぬ手を考えろと申しておる」

戸田は一度目を下げ、しぶしぶ答えた。

「殿のお口からはっきりと、外出を許さぬとおっしゃるしかないかと存じます」

「うぅむ。やはり、そうするしかないか」

腰を上げようとした頼宣に、戸田が言う。

「殿」

「うむ」

「おそれながら、七百石の家禄《かろく》ならば、姫がご苦労をされることはないかと存じます」

「なんじゃ、三百石まけてやれと申すか」

頭を下げる戸田に、頼宣は口を尖《とが》らせる。

「たわけたことを申すな」

「殿ぉ」

強情な頼宣に、戸田は困り果てたような顔を上げた。

「誰がなんと言おうと千石は千石じゃ。七百石ではだめじゃ」

頼宣は立ち上がり、廊下に出た。

庭の先には、江戸城が望める。本丸御殿を囲む漆喰《しっくい》の塀から出ている桜が美しい。

城を見上げた頼宣が、

「公儀の連中も、けちけちせずにさっさと千石にせぬか」

いらいらした様子でぼやいていたが、城の桜に目を奪われるうち名案を思いついたとばかりに手をたたき、部屋に向く。

「戸田」

「はは」

「わしは花見の茶会を開くぞ。急ぎ支度せよ」

戸田を呼び寄せると、帯から抜いた扇子を広げて、何ごとかをささやいた。

その頃、自分の部屋に戻っていた松姫は、信平からの文を読み終え、信平の屋敷がある方角の空を見上げていた。

そばに控える糸が声をかける。

「姫、文にはなんと」

「三日後に、上野山の桜を見に行かぬかと」

「まあ、上野山の桜にございますか。その頃は満開となっていましょうから、さぞ綺《き》麗《れい》なことでしょう」

糸が微笑ましく言ったが、急に表情を曇らせた。

「でも、お殿様があのご様子では、外出は難しいのではないでしょうか」

「寛永寺《かんえいじ》に参詣《さんけい》すると申せばいいでしょう」

「それはもう、通じませぬかと」

「では、本理院様にお願いをしてみましょうか」

「その手は先日使っておりますから、此度は難しいかと」

松姫は考えた。

「ならば、出入りの商人を呼び、長持《ながもち》に潜んで連れ出してもらいましょう」

これには糸が仰天した。

「な、何を仰《おお》せです。そのようなことはなりませぬ」

「名案だと思いましたのに」

松姫は落胆した。

「あのう。その日は、わたくしが里帰りを許されている日でございますが」

これまで下座に控え、黙って聞いていた二人の侍女のうちの一人が、身代わりを申し出た。自分は我慢するから、松姫が変装して外へ出かけたらどうかと言う。

名案には違いないのだが、肉付きのよい身体《からだ》は姫の倍ほどもあり、似ても似つかぬ。

糸と侍女たちは、無理だと言ってため息を吐いた。

「やはり長持に隠れるしかありませぬ」

松姫はこころに決めた。

「では、日本橋《にほんばし》の紀州屋に頼んでみましょう」

糸が仕方なく承知すると、松姫は文を胸に抱き、安堵《あんど》して目を閉じた。

「ごめんつかまつります」

声をかけた中井が、廊下の端に片膝をついている。

糸が察して訊く。

「表向きからのご用ですか」

「いかにも」

うなずく中井を横目に、松姫は部屋に入り、上座に座った。

「こちらへ」

糸が声をかけると、次の間に入った中井が正座し、松姫に頭を下げた。

「姫、殿からのお達しにございます」

「何か」

「明後日《あさって》から二日間、三十間堀《さんじっけんぼり》の御下屋敷《しもやしき》にて、花見を兼ねた茶会を開くとのこと。御公儀からも客人を大勢招くゆえ、姫様も同道せよとのことにございます」

「そうですか」

信平と会うことができなくなり、姫のこころは沈んだ。

その様子に気付いた中井が糸に目を向けると、刺すような目で睨まれていた。

ぎょっとした中井が、前を向く。

「姫、何か、不都合がございますか」

姫は黙ったままうつむいている。

中井が糸に助けを求めた。

糸は顔を背け、素《そ》っ気《け》なく言う。

「姫様はその日、大切なお方と約束があったのです」

信平と会う約束だと知った中井は、困った顔をした。

「それは、残念なことにございます」

同情はするが、殿の命《めい》とあっては、此度はどうにもできぬ。

そのことを告げると、

「分かっています」

松姫は素直に応じて、硯《すずり》を用意させると、信平に、ことわりの文をしたためた。

「糸」

「はい」

「この文を、信平様に届けてください」

「かしこまりました」

「糸殿、それがしもまいりましょう」

中井の申し出を受けた糸は、二人で出かけていった。

楽しみを奪われた松姫は、心配する二人の侍女に微笑んだものの、下を向き、悲しげな目をしている。

「姫様、またすぐに、お目にかかれます」

痩せたほうの侍女が言うと、太った侍女が続いた。

「そうですとも。こういう時は、甘いものを食べられるのが一番です。お菓子を持ってまいります」

松姫は、気を遣う侍女たちにうなずき、ふたたび微笑んだ。

三

鷹司松平信平は、四谷《よつや》の屋敷の月見台に座り、何をするでもなく、緋毛氈《ひもうせん》の上を歩く蟻《あり》を眺めていた。

庭では、葉山善衛門《はやまぜんえもん》と、江島佐吉《えじまさきち》が木刀を交え、汗を流している。

「殿、そのようなところで呆けておらずに、わしの相手をしていただけぬか」

手を休めた善衛門が言うと、佐吉が笑った。

「やめておきなされご老体。怪我をするだけですぞ」

「なんじゃと」

口をむにむにとやる善衛門に、佐吉は木刀を腰に差しながら張り切る理由を訊いた。

「急にいかがしたのです。剣の道に目覚められましたのか」

「たわけ、誰に向かって申しておる。我が家宝、家光公より拝領の左門字《さもんじ》の太刀は、飾りではないぞ」

「ならばもう一手、お相手つかまつる」

「望むところよ。若造には負けぬわい。ぬははは」

悪代官のような顔で笑った善衛門が、佐吉に打ちかかった。

気合と木刀がかち合う音がにぎやかな中で、信平はまだ、蟻を見ていた。

蟻を眺めながら、頭の中はずっと、江戸を発《た》たなくてはならぬことを考えている。

信平は近々、姉、本理院の名代《みょうだい》として、病の父を見舞いに、京へ行かなくてはならないのだ。

このことを告げられたのは、昨日のことだった。

本理院からの呼び出しに応じて吹上の屋敷に赴《おもむ》くと、

「父上が、お倒れになられました」

塞いだ顔でそう言われた。

本理院を頼って江戸に来てこのかた、信平は、父の顔を見ておらぬ。本理院にいたっては、徳川家に嫁いで以来、見ておらぬはず。

「ご容態は」

信平が訊くと、

「重篤ではないそうですが、高齢のために、いつどうなるか分からぬ」

毅然《きぜん》とした顔で、覚悟を決めねばならぬと言われた。

「さようですか」

「そなたに、頼みたきことがあります」

「なんなりと」

「わたくしの名代として、京へ上《のぼ》ってくれぬか」

「上様の許しがあれば、すぐにでも」

「上様には、すでに許しを得ております」

「はは、ではさっそく支度を整え、未明に発ちましょう」

「いや、発つのは、上様のお達しが届いてからでよい」

「お達しは、いつありましょうか」

「はっきりとは分からぬが、日がかかるでしょう。届き次第知らせますから、支度を整えて待っていなさい」

何ゆえ日がかかるのだろうか。

信平は妙だと思ったが、理由を訊かなかった。

「分かりました。では、さっそく屋敷に戻り、旅の支度をいたします」

「せっかく来たのです。夕餉《ゆうげ》を食べて行きなさい」

すでに用意してあったらしく、本理院が手をたたくと、侍女たちが膳《ぜん》を運んできた。

銚子《ちょうし》の酒をすすめられて、信平は受けた。

「いただきます」

一口飲んだところで、本理院が笑みを浮かべて言う。

「ご加増されたそうですね」

「はい。七百石になりました」

「それは祝着《しゅうちゃく》。立派な旗本となったそなたの姿を父上がご覧になれば、お喜びになられましょう」

「はは」

「して信平、松姫とは、時々会《お》うているのか」

「はい。先日は、浅草でお会いしました」

「それはよい。姫はほんに優しい人ですから、そなたは幸せ者です」

信平は、はにかんでうなずいた。

本理院が嬉しそうに言う。

「あと三百石で、共に暮らせるようになりますね」

信平は、静かに盃《さかずき》を干した。

ここまで加増はしたが、近いうちに三百石が加増される保証はない。

来年かもしれぬし、再来年かもしれぬ。いや、生涯このままかもしれぬ。

そう考えると、身が引き締まる思いであった。

「信平様」

背後で、お初《はつ》が声をかけた。

信平が我に返り、蟻から目を離すと、お初が来客を告げた。

「松姫様のお使者が参られております」

「うむ」

信平は、手を止めた善衛門たちに稽古を続けるよう言い、書院の間に向かった。

竹島糸と中井春房が顔を揃《そろ》えているのを見て、信平は、松姫に何ごとか起きたのかと案じながら、上座に座った。

聞けば、姫からの文を届けに来たという。

信平が目を通すあいだ中、二人はばつが悪そうな顔をして、目を下に向けていた。

文を読み終えた信平は、会えぬことに落胆しながらも、

「御苦労であった。松姫によろしく伝えていただきたい」

二人に頭を下げた。

「あのう」

糸が、申しわけなさそうに訊く。

「次はいつ、お誘いいただけましょうか」

信平が返答に困っていると、

「茶会の翌々日などは、いかがでしょう」

中井がうかがうように訊き、姫に告げて、喜ばせたいという。

「京に行かなくてはならぬゆえ、難しいかと」

信平が言うと、二人が驚き、顔を見合わせた。

中井が訊く。

「長《なが》の留守でございますか」

「まだなんとも」

父のことは言わずにいると、二人は肩を落とした。

信平が言う。

「姫には、文を送ると伝えていただきたい」

「かしこまりました」

中井と糸が共に頭を下げて辞し、吹上の屋敷へ帰っていった。

そこへ、稽古を終えた善衛門が入れ違いに入ってきた。

「殿、今のは確か、紀州藩の方々ですな」

「うむ」

「何か変わったことですか」

「松姫の文を届けてくれたのじゃ」

「さようでしたか」

お初が茶を持ってきた。

信平の前に茶台を置くと、目を伏せ気味に、つんとした表情のまま訊く。

「京にまいられる前に、お会いにならぬのですか」

「ふむ。支度があるゆえ、仕方あるまい」

善衛門が居住まいを正して口を挟む。

「殿、それがしもお供《とも》をすることに決めましたぞ」

お初がちらりと、善衛門に視線を向ける。

「なんじゃ」

身構える善衛門にお初は何も言わぬものの、不服そうな顔をしている。

お初は信平の監視役だ。本来なら同道してしかるべきなのだが、

「此度はよい」

あるじ阿部《あべ》豊後守《ぶんごのかみ》が、江戸に残ることを命じていたのだ。

「お初、そなたも行くであろう。何ゆえ不服そうなのだ」

善衛門がそう言うものだから、お初はますます不機嫌になり、ぷりぷりした様子でその場を立ち去った。

豊後守様の許しが下らなかったことを信平が告げると、善衛門は首をかしげた。

「何ゆえでしょうか」

「さて、訊いても言わぬので分からぬ」

「さようですか。不思議ですな」

さっそく支度をしようとした善衛門に番町《ばんちょう》の屋敷から使者が来たのは、程なくのことだ。

二千石大身旗本である葉山家のあるじだった善衛門は、前《さき》の将軍家光のそばに仕える身分であったが、家督を甥《おい》の正房《まさふさ》に譲り、信平の監視役を命じられるまでは、呑気《のんき》な隠居生活を送っていたのである。

世が家綱の代になっても監視役を解かれなかった善衛門であるが、今ではすっかり、信平の家来になった気でいる。ことに、松姫の父頼宣が、千石になるまでは姫を渡さぬといった非礼を告げてからは、出世のために励めと、信平の尻をたたいている。

信平の用人《ようにん》気分である善衛門は、当然のごとく、京に同道するつもりだった。ところが、番町からやってきた正房の使者が、

「大殿様の上洛《じょうらく》、此度は控えるようにとのことにございます」

こう告げたものだから、善衛門は愕然とした。

「なんじゃと……」

口をむにむにと動かして、

「何ゆえじゃ！」

使者を怒鳴りつけた。

茶を持ってきたお初が、うろたえる善衛門を鼻で笑った。

これを見た善衛門は意地になり、使者を責める。

「申さぬか。何ゆえ正房は止める」

使者が頭を下げた。

「おそれながら、大殿は信平様の監視役でございます」

「それがなんだと言うのだ」

言った善衛門が、あっ、と気付いた。

使者が言う。

「お祭しのとおり、此度のご上洛には相応《ふさわ》しくないとの、上様からのお達しにございます」

つまり、京の鷹司家に対して気を遣ったというわけだ。

将軍家綱の命では、善衛門も引き下がるしかない。

だが、この老骨は引き下がらなかった。

「わしは監視役ではのうて、殿をお守りするために供をするのじゃ。正房にさよう申しておけ！」

「しかし、上様のご上意に逆らうことは……」

「上様には、わしがお願いする」

聞かぬ善衛門に、使者は泣きそうな顔をしている。

「善衛門、麿《まろ》のことで、家人を困らせてはならぬ」

信平が助け舟を出すと、使者は安堵した。

だが善衛門は頑《かたく》なだ。

「殿は黙っていてくだされ。わしは誰がなんと言おうと、お供をします」

「此度はならぬぞ、善衛門」

廊下からした声に、皆顔を向けた。現れたのは、阿部豊後守だった。

佐吉に案内されてきた阿部は、羽織袴姿でふらりと出てきたように思えた。

信平が上座を空けて横に座りなおしたが、豊後守は上座に向かわず、信平の下座に座った。そして、善衛門に厳しい顔を向ける。

「同道を許されぬのは上意である。此度は堪えよ」

そう言われては、抗《あらが》えぬ。

善衛門は仕方なく、頭を下げた。

豊後守は、表紙に「下」と記された書状を懐から出し、上座に座りなおした。

信平は膝を転じて、頭を下げる。

「信平殿」

「はは」

「出立は七日後の未明に決まった。屋敷にて、使者を待てとのお達しである」

豊後守はそう言い、書状を差し出した。

頭を下げて前に出た信平が、

「承知つかまつりました」

両手で押しいただき、懐におさめた。

見舞いのための上洛に大仰《おおぎょう》なように思えるが、これが、鷹司家の威厳であろうと、善衛門たちは改めて見なおした。

この日の来客は、これだけではなかった。

葉山家の使者と豊後守が帰った後に、徳川頼宣の使者が訪れたのだ。

「戸田外記にございます。まずは、五百石のご加増、祝着に存じたてまつりまする」

信平が頭を下げると、今日は、あるじからの書状を届けに来たという。

中井たちの訪問を受けたばかりゆえ、頼宣の側近に対する善衛門の態度は冷たいものだ。

「今度は、どのようなご用件ですかな」

善衛門が、まるで頼宣に向けるように、挑みかかるような態度で訊いた。

これに対し戸田は、冷静な態度で応じる。

「当家下屋敷にて、明後日より花見の茶会をおこないます。信平様にも是非お越し願いたいと、あるじが申しております」

「頼宣様が」

信平は思わず訊き返した。

「はは」

戸田が書状を差し出す。

「信平様には、三日後にお越し願いたいと申しております」

松姫を誘った日だ。

「姫様は出られるのか」

善衛門が訊くと、戸田は信平にうなずいた。

紀州徳川家の茶会となれば、招かれる人の数は半端ではあるまい。だが信平は、招きに応じることにした。上洛の前に、一目でも姫に会っておきたいと思ったからだ。

行くことを信平が約束すると、戸田は安堵の顔をして、

「ではさっそく、あるじに伝えます。これにてごめん」

茶も飲まずに帰っていった。

表まで見送った善衛門が戻り、信平に眉をひそめる。

「あの頑固親父《おやじ》が殿を屋敷に招くとは、どういう風の吹きまわしでしょうな。富士《ふじ》の山が噴火するのではござらぬか」

廊下に控えていた佐吉が言う。

「殿が七百石になったことで、姫を早くよこしてくれるのではござらぬか」

「これ、よこすとはなんという口のきき方じゃ」

善衛門に叱られて、佐吉が首を引っ込めた。

「まったく、そのようなことでは、上洛しても恥をかこうぞ」

これには佐吉が驚いた。

「わしが、殿と上洛できるのでござるか」

「お初もわしも行けぬのだ。他に誰が殿をお守りするというのだ」

「殿、よろしいのですか」

佐吉が訊くと、信平はうなずいた。

「こりゃ大ごとじゃ。女房もびっくりしますぞ」

喜ぶ佐吉を恨めしげに睨んだ善衛門が、信平に言う。

「殿、紀州藩の下屋敷には、それがしもまいりますからな。あの頑固親父が殿に無礼なことを申せば、わしが首を絞めてやりますぞ」

相手は御三家だというのに恐れもせず、敵意をむき出す善衛門に、信平は苦笑いを浮かべた。

四

五味正三《ごみしょうぞう》がふらりと訪ねてきたのは、翌々日の昼前のことだ。

北町奉行所定《じょう》町廻《まちまわり》同心である五味は、御用聞きの金造《きんぞう》と二人で庭に現れると、

「よう、いるかい」

友の間柄《あいだがら》だけに、遠慮がない様子で信平の部屋の縁側に腰かけた。

このところ機嫌が悪い善衛門が口をむにむにとやり、

「いきなり無礼であろうが」

怒鳴ったものだから、金造がぎょっとした。

五味が臆することなく笑って応じる。

「ご隠居殿、今日は荒れてらっしゃいますね」

「なんじゃ五味、その薄ら笑いは。馬鹿にしおって」

「おれはこういう顔ですから。そんなに怒って、いったい何があったんです？」

「何もないわい！」

善衛門が鼻息を荒くしてそっぽを向いた。

佐吉が五味に耳打ちする。

「殿の上洛に同道できぬものだから、すねておられるのだ」

「ええ！　信平殿、京へ行くのですか」

「うむ。父の見舞いにな」

「いつです」

「五日後に発つ」

「ふぅん、なるほど、それで……」

五味が善衛門を見ると、善衛門が不機嫌な顔で睨みかえした。

「そなたも武士のはしくれなら、七百石の旗本の供が、佐吉一人とは寂しすぎると思わぬか」

「おっ、七百石になられましたか」

五味はそちらに興味津々《しんしん》だ。

「あと三百石で、晴れて姫君を迎えられますね。いやあ、楽しみ楽しみ」

「まだ三百石もある」

信平が言うと、五味は笑みを消した。

「まあ、すぐですよ。それにしても、上洛のお供が一人とは、おっしゃるとおり寂しいですね。七百石ともなると、お供は少なくとも八人はいないと」

五味が言っているのは登城の時に揃える人数であるが、七百石の旗本が一人しか供を連れずに上洛をするというのは、お忍びでない限りあり得ぬことだ。

疑念をぶつける五味に、信平は言う。

「此度は麿の父の病気見舞いゆえの、上様のお達しであろう」

「なるほど、ご実家の迷惑になるとお考えですかね」

「して、今日は何か用があってまいったのか」

信平が訊くと、

「いえいえ、通りがかりにふらりと寄っただけです」

五味がとぼけたように言う。

「なるほど、お初の味噌汁《みそしる》か」

信平に見抜かれて、五味がにっこりと笑った。

薄い眉毛が下がって八の字になり、おかめ顔になっている。

折よく下女のおたせが、昼餉《ひるげ》の用意ができたと呼びに来た。

「すまぬが、二人の分も頼む」

信平が言うと、

「かしこまりました」

おたせはすぐに調《ととの》えてくれた。

お初の顔が見えぬので、膳の前に座った五味は元気がない。

出されたねぎの味噌汁を一口飲むとさらに落ち込み、寂しげにため息を吐いた。

「残念じゃったな。朝はお初の味噌汁であったのだぞ」

善衛門が見かねて慰めるほど、五味は楽しみにしていたらしい。

「味噌汁が飲めずに悲しいのか、それともお初に会えぬからか」

信平が訊くと、五味がぎょっとした。

「な、何をおっしゃいますか」

真っ赤に染まった顔を見て、板の間にいる金造が喜んだ。

「ははあん、旦那もすみにおけませんや」

五味はついに、両手で顔を隠した。話をそらすために、思い出したように言う。

「そういえば、紀州藩の御下屋敷では、派手な茶会が開かれていますね。信平殿はご存じです？」

「うむ」

大勢の客が招かれているらしく、出入りする商人も多く、下屋敷の周囲はにぎわっているという。

「明日もあるとのことですが、五十五万五千石の御三家だけに、御公儀からも大勢招かれているのでしょうね」

「さようであろうな」

信平は、明日招かれていることは言わなかった。

様子を聞いた善衛門は、不安そうな顔をしている。

そのような茶会に招かれたとなると、土産《みやげ》の支度を怠っては恥をかかされると思っているのだ。

昼餉をすませた五味が帰るのを待って、

「殿、ちと、出かけてきますぞ」

立ち上がる善衛門を、信平が引き止めた。

「どこへゆくのじゃ」

「明日の支度をしてまいります」

「支度なら、すでにできておる」

「は？」

「茶会の手土産であろう」

「さようですが、何を持って行かれるおつもりか」

「お初が戻れば、分かることじゃ」

そのお初は、半刻《はんとき》ののちに戻ってきた。大事そうに抱いていた包みを、信平の前に差し出した。

善衛門が、見事な包みだと言いながら身を乗り出した。

「お初、中身はなんじゃ」

「存じませぬ」

善衛門は眉間に皺《しわ》を寄せた。

「おぬしが買《こ》うてきたのではないのか」

「本理院様が信平様へ贈られたものにございます」

「何、本理院様が?」

「麿がご相談したのだ」

信平は所用があったため、お初に頼んで手土産の相談をしたところ、この包みを持ち帰ったのである。

包みが見事であるため、開けずにそのまま持って行くことにした。

善衛門も、

「本理院様の見立てであれば間違いござらぬな」

安心し切っている。

五

翌日は、朝から風が吹いていたが、江戸の空は晴れ渡っていた。

佐吉を残し、善衛門と二人で四谷の屋敷を出かけた信平は、桜田堀《さくらだぼり》のほとりをくだり、日比谷《ひびや》御門の前を右に曲がると、山下《やました》御門を潜って市中に出た。

紀伊国《きのくに》橋を越えて三十間堀を渡り、昼を過ぎた頃に紀州徳川家下屋敷に到着したのだが、屋敷前の通りは、五味が言うほど混雑した様子はなかった。

開けはなたれた表門の前に行くと、門番が気付き、白い狩衣を着た信平に頭を下げて、中へ駆けて行った。

程なく若党が現れ、

「松平信平様にあられましょうか」

名乗る前に、声をかけてきた。

「お招きによりまいりました」

信平が答えると、

「こちらへ」

若党が腰を低くして、中へ案内した。

表玄関の式台《しきだい》へ上がると、出迎えた若党に宝刀狐丸《きつねまる》を預ける。

善衛門は、玄関で待っていた別の若党に家光拝領の左門字を預けた。

本理院が用意してくれた土産は、善衛門が持っている。

その善衛門に対し、

「お供の方は、こちらへ」

信平とは別の所へ案内しようとしたので、

「では殿、これを」

土産を渡そうとする善衛門に、若党が言う。

「あるじへのお心遣いの品は、ここでお預かりいたします」

「さようか、では頼む」

善衛門は言われるままに渡した。

「信平様、こちらへどうぞ」

「ふむ」

信平は善衛門と別れ、若党に付いて行った。

長い廊下を歩みながら、鳥の鳴き声に誘われて庭に目を向けた。

広大な敷地《しきち》に見事な庭園が広がっており、海に近いせいか、池の中にある岩で数羽《わ》の海猫《うみねこ》が羽を休めている。

「こちらでお履物《はきもの》を」

縁側から庭に下りるように促《うなが》され、信平は従った。

いっぽう、屋敷の奥に案内された善衛門はというと、

「今日は、客人が少ないようじゃな」

静かな屋敷を見回しながら、この陽気ゆえ、茶会は庭で開かれているのだろうと思いつつ、今頃信平は、招かれたお歴々と対面しているだろうと案じた。

「あの頑固親父が意地悪をしておらねばよいが。どうも、心配じゃのう」

若党に声が聞こえるのも構わず、そわそわして歩んでいる。

よそ見をしていて、若党が立ち止まったのに気付くのが遅れてぶつかりそうになった。

驚いていると、若党が廊下に膝をつき、

「こちらでお待ちください」

二十畳の広さはある部屋に入れと言う。

待合室ではなく、書院造《づくり》の部屋だ。天井の絵も、襖絵《ふすまえ》にも金《きん》が使われており、信平

の屋敷とはくらべものにならぬほど、見事な装飾である。

「さすがは御三家、見事なものじゃ」

感心して見上げていると、若党が土産の品を横に置いた。程なく、廊下で咳ばらいをする声が聞こえ、上座の横の襖が開けられた。

戸田が入ってきたのを見た善衛門は、声をかけようとしたのだが、戸田の後ろから生地のよい羽織袴を着けた者が入ったのを見て息を呑んだ。今は茶会の最中であり、ここにいるはずのない頼宣だったからだ。

目を見張り、声も出ぬ善衛門を難しそうな顔で見下ろす頼宣は、上座にあぐらをかき、睨むような目を向けた。

善衛門は、まるで仇敵《きゅうてき》でも迎えたように歯をむき出したが、信平のためにぐっと堪えて、両手をついて頭を下げた。

「葉山殿、ようまいられた」

顔つきとは反対の柔和《にゅうわ》な声に、善衛門が思わず顔を上げる。すると頼宣は、にこりとしてうなずいた。

「日々のお役目、大儀であるな。今日は、ゆるりとくつろがれるがよいぞ」

善衛門は戸惑ったが、ふたたび頭を下げた。

「はは、お心遣い、痛み入りまする。本日は、信平様をお招きいただき、かたじけのうございまする」

「なんの、たいしたことはできぬ。僅か七百石とは申せ、信平殿は五摂家《ごせっけ》の出じゃ。いささか気をつこうておるぞ」

頼宣は、善衛門の横に置いている包みを扇子で指し示した。

「それは、何かの。気遣いなら無用じゃが」

七百石を僅かと言い放っただけに、

「たいしたものは持ってきておるまい」

声には出さぬがそう言われた気がした善衛門は、顔を自分の膝に向けて口をむにむにとやる。中身を見ておらぬので不安はあったが、本理院が用意したものだから間違いはあるまいと思いなおし、土産を包んだまま差し出した。

「信平様よりの、お祝いの品にございまする」

「ほう、信平殿がのう」

頼宣が言うと、そばに控えている戸田が善衛門に歩み寄り、包みを引き取って下がり、頼宣の前に置いた。

頼宣は下唇を出して見ていたが、自ら包みを解いた。

紐《ひも》が掛けられた木箱を見て、

「ほう、味のある箱じゃな」

言いつつ紐を解き、蓋を開けた。

地味な布に包まれた品を取り出し、開いて見るやいなや、

「やや！」

頼宣は目を見張り、腰を抜かさんばかりに驚いた。

下が黒く、上が白い景色《けしき》の茶碗であるが、長年、将軍家光のそばに仕えていた善衛門には、それがなんであるのか一目で分かった。

「本阿弥光悦《ほんあみこうえつ》、ですな」

諸大名が名人と敬い、徳川家康《いえやす》が絶賛した本阿弥光悦の茶碗である。しかも、今頼宣が手にしているのは、

「まさか、これは雪雲《ゆきぐも》か」

万両の金を積んでも手に入れたがる者がいると言われる名物中の名物である。

とんでもないお宝に、頼宣は、手を震わせている。

その姿を見て、

「さすがは本理院様じゃ」

不安に思っていたことなどすっかり忘れ、胸の中でそう言って感心する善衛門である。

「まこと、さすがは五摂家の出じゃ。このような名物をお持ちとは」

先ほどとは違う頼宣の物言いに満足した善衛門は、鼻を高くした。

頼宣は、感心したように何度もうなずき、茶碗を見つめたまま言う。

「葉山殿」

「はは」

「これはお返しいたす」

善衛門は目を見張った。

「いや、しかしそれは……」

「気持ちだけで十分じゃ。それにな、今日は、こういうことをしてもろうては困る」

「は？」

善衛門は、どういう意味かといぶかしみ、頼宣の言葉を待った。

その頃信平は、広大な庭を歩み、築山《つきやま》の中へ続く石段を上っていた。

木々に囲まれた石段を上り切ると、案内をしてきた若党が立ち止まり、膝をついて手で示した。

「茶会はあちらでおこなわれております」

小道を歩んで木陰の先にゆくと、芝の広場に緋毛氈が敷かれ、雅《みやび》な屏風《びょうぶ》で囲いが作られている。その中には、朱色の傘が立てられているのが見えた。

中で茶会がおこなわれているのだろう。

そう思いつつ歩み寄り、屏風の中に入ると、傘の下で、こちらに頭を下げている女人が目に入った。

他には、誰もいない。

「姫」

信平が声をかけると、松姫が驚いた顔を上げた。

松姫は、信平が呼ばれていることを知らず、大事な客が来るとだけ言われ、足音に応じて頭を下げていたのである。

市中へこっそり出かける姫のことを気遣い、頼宣が仕組んだ茶会だったのだ。

二人が再会した頃、頼宣から茶会の趣旨を聞かされた善衛門は、目頭が熱くなっていた。

「親心、ごもっともにござる」

「おお、そう思うてくれるか」

　手をにぎられて驚いたが、

「思いますとも」

　善衛門はにぎりかえし、この機を逃さず思いをぶつけた。

「姫様にもしものことがあれば、それこそ一大事にござる。されど、想い合う夫婦を会わさぬようにするというのは、あまりに酷《こく》というもの。お叱りを覚悟でお願い申し上げます。どうか……」

「分かっている」

　頼宣は、その先を言わせぬよう言葉を被《かぶ》せた。手を離して向き合い、渋い顔で続ける。

「今の勢いであれば、信平殿が千石になるのは、そう遠くないことであろう。それまでの辛抱じゃ。今日からは茶店などではなく、この下屋敷で会えばよい」

　善衛門は驚いた。

「ご存じでしたか」

　頼宣はしたり顔の笑みを浮かべた。

「わしを誰だと思うておる」

善衛門は恐縮し、居住まいを正して言う。

「分かりました。この葉山善衛門が責任を持って、殿、いや、信平様と姫様が、今後市中でお会いにならぬようにいたしまする」

「まことか」

「武士に二言《にごん》はござらぬ」

「これで安心じゃ。葉山殿、かたじけない。改めて、二人のことを頼む」

頭を下げられた善衛門は、頼宣のことを見返し、好意すら持った。

「姫様は、必ずや幸せになられます。どうぞ、ご安心を」

この言葉に頼宣は大いに喜び、善衛門を存分にもてなした。


紀州徳川家の下屋敷を辞した信平は、吹上に立ち寄って本理院に礼を述べてから、四谷に帰った。

遅い夕餉の席で、松姫と二人でゆっくり話ができたことをお初に教えると、

「ほんとうは、市中でお会いしたかったのではございませぬか」

ずばりと、こころを見抜かれた。

広い庭とはいえ、紀州徳川家の屋敷。庭の方々に人の気配があった。

「確かに落ち着かなかったが、姫は楽しそうであったゆえ、麿は満足じゃ」

信平がそう言うと、善衛門がすかさず口を挟む。

「殿、次からは、今日のように下屋敷でお会いなされ。頼宣侯は、下屋敷ならば会うてもよいと、申されましたぞ」

「ふむ、さようか」

信平が浮かぬ顔をしたのを見逃さぬお初が、善衛門に言う。

「そうなれば、これまで以上に、お会いできなくなるではありませぬか」

善衛門は、どういうことかという顔をした。

「お初、何をいうのだ。もうこそこそせずにすむのだぞ」

お初はつんとした顔を善衛門に向ける。

「信平様が下屋敷に行くとなると、その都度《つど》、藩の許しを得なければなりませぬ」

「あっ」

善衛門は、やっと気付いたようだ。

二人が会うことを許すなら、わざわざ下屋敷に行かなくとも、吹上の屋敷へ行くのを許せばすむ。ようは、此度のように、茶会に招かれぬ限り、二人は会えぬというわけだ。

善衛門は、してやられたと舌打ちした。

「殿、申しわけござらぬ」

「善衛門、どうしてあやまるのじゃ」

善衛門は、頼宣の口車《くちぐるま》に乗せられ、二人を市中で会わさぬと約束してしまったことを正直に教えた。

お初は、怒気に満ちた目を善衛門に向けている。

だが信平は、

「麿は明後日には、姫に会いにゆくぞ」

下屋敷に行くと、こともなげに言った。松姫が、信平が京に旅立つ前にもう一度会いたいと言ったのだ。

善衛門とお初が、驚いた顔を信平に向けた。

善衛門が言う。

「殿、許しを得ておりますのか」

「誰のじゃ」

「むろん、あの頑固親父にござる」

「ふむ。得ておる」

お初の心配をよそに、信平は、頼宣から信頼を得ているようであった。

「やはり、あの言葉は偽りではなかったのじゃ、のうお初、どうじゃ」

お初は善衛門に同意を示した。

「あの頑固親父殿も、少しはまともになったようです」

「殿のお人柄が、そうさせたに決まっておる」

善衛門がそう言うと、お初は珍しく穏やかな笑みを浮かべ、信平を見てうなずいた。

第二話　千石の夢

一

「何！　それはまことか」

紀州藩主、徳川権大納言頼宣は、下城して間もなく、側近の戸田外記に耳打ちされて思わず大声をあげた。

戸田は神妙な面持ちでうなずく。

「間違いございませぬ。本丸御殿で控えていた際に、噂《うわさ》を聞きました」

「わしの耳には届いておらぬ。誰が噂をしていたのだ」

「肥後守《ひごのかみ》様御家中の者ではないかと」

戸田が言う肥後守とは、前将軍家光の異母弟である保科正之《ほしなまさゆき》のことだ。

江戸城本丸御殿の廊下を歩む者が語っていたのが耳に聞こえ、急ぎ障子を開けて見たところ、保科家の家来が歩いていたという。

保科家は将軍家綱にとっては叔父にあたる家柄であるだけに、頼宣は、戸田の報告に愕然とした。

その噂とは、松平信平のことであった。

信平は近日、父の病気見舞いで上洛することが決まっているが、

「上洛を機に、信平殿は都《みやこ》に戻され、鷹司松平家は断絶するそうな」

保科家家中の者がこう言いながら、廊下を歩んでいたという。

もしそうなれば、庶子《しょし》の信平は、出家か、他の公家《くげ》に養子に入るしかない。

「にわかには信じられぬ」

頼宣は言いながらも確かめずにはおれなくなり、老中たちに問うべく、急ぎ登城した。

知恵《ちえ》伊豆《いず》こと、松平《まつだいら》伊豆守信綱《のぶつな》と、阿部豊後守忠秋《ただあき》は、頼宣の話を聞き、驚いたように顔を見合わせたが、

「大納言様ともあろうお方が、噂に振り回されぬことです」

松平伊豆守が冷たくあしらい、

「信平殿のことが、心配ですか」

阿部豊後守がにやけて言う。

頼宣は不快そうな面持ちで言う。

「わしは娘のことを案じておるまでじゃ。鷹司松平家が断絶となれば、離縁させねばならぬと思うてな」

「なるほど」

阿部が目線を下げた。

「まことに、ただの噂でござろうな」

頼宣が確かめると、伊豆守が答えた。

「信平殿の噂は確かにございますが、我らはあずかり知らぬこと」

「ええい。そのようなことはないと、はっきり申さぬか」

頼宣が苛立ったが、伊豆守は、

「噂にすぎませぬ」

としか答えなかった。

阿部豊後守は伊豆守に遠慮しているらしく、頼宣が目を向けても、黙っているだけだった。

苛立って膝をたたいた頼宣は、噂にすぎぬ、という言葉を信じることにして、その場を立ち去った。

吹上の屋敷に帰るために廊下を歩んでいると、

「大納言様」

後ろから声をかけられ、立ち止まった。

「おお、酒井《さかい》殿か」

「お久しゅうござります」

幕府大老、酒井左少将忠勝《さしょうしょうただかつ》が頭を下げると、頼宣は満足そうにうなずき、

「めったに見ぬ顔が見られたな。ずいぶん老いたようじゃが、まさか、隠居のあいさつに来たわけではあるまい」

嫌味を言うのは、この酒井が、以前、将軍家綱が信平を町奉行職へ抜擢《ばってき》しようとした際、真っ先に反対し、本理院を忌み嫌っていることを知っているからだ。

戦国武将の気風《きふう》を漂わせる酒井大老は、今年で七十歳になったが、頼宣が言うほど老けてはおらず、肌艶もよい。

頼宣の嫌味を軽く受け流した酒井は、

「大納言様も、お疲れのご様子ですな」

と返し、

「まあ、松姫様のことを案じれば、気苦労も絶えますまい」

いかにも同情するような態度で言う。

「どういう意味じゃ」

頼宣が鋭い目を向けると、酒井は真顔で言う。

「信平殿が上洛されることは、存じておられますな」

「うむ」

「その際、何らかの官位が与えられるのではないかと」

頼宣は納得した面持ちをした。

「七百石になったのだ。しかるべき官職が与えられても珍しくはあるまい」

驚くようなことでもなく、むしろ遅いほどだと付け加えた。

ところが酒井は、これが問題だという。

「信平殿は将軍家直参《じきさん》旗本ゆえ、幕府から朝廷に便宜をはかるのが筋。しかしながら、此度の任官は、鷹司信房《のぶふさ》殿より、上様に嘆願があったとの噂にござる」

「また噂か」

頼宣はうんざりしたように言った。

酒井は頼宣を見据え、一歩前に出て言う。

「噂を軽んじなさらぬほうがよろしいですぞ」

狡猾《こうかつ》そうな顔を近づけられた頼宣は、のけ反り気味に酒井を見た。

「何が言いたいのだ」

「此度の任官のことは、上様がお命じなされたのですが、その前に、京の鷹司家より上様に文が届いております。それを知る幕閣の中には、信房殿が手を回したのではないかと疑《うたご》う者が、少なからずおるということです」

「上様に確かめれば、分かることであろう」

「上様は、そのようなことはないと仰せです」

「ならばそうなのだ。上様が信平殿のことを想うてされたことであろう」

立ち去ろうとする頼宣に、

「幕閣の中には、これをよく思うておらぬ者がおりますぞ」

耳打ちするように言った。

「では、信平殿を鷹司家に戻すというあの噂は、まことか」

頼宣の問いに、酒井はうなずいた。

「これを機に、信平殿を京にとどめる動きがあることは、確かでござる」

武士の世の安泰のため、公家が力を増すことを嫌う酒井は、将軍家光と本理院を引き離す企てに関わったとも言われるほどの人物。当然、信平が力を増すことを良く思ってはおるまい。

頼宣は、酒井の話の信憑性《しんぴょう》を疑い、噂の根源は酒井ではないかと睨んだ。だが、大老だけに侮れぬ。難癖をつけて、信平をほんとうに京へとどめるかもしれないと考えた。

そうなれば、松姫が不憫《ふびん》だ。

「酒井殿、よう教えてくれた。幕府の中に上様の意に背く者がおれば、それを成敗するのも大老の役目ぞ。よう肝《きも》に銘じて、役目に励め」

目を見据えて言うと、酒井は神妙に頭を下げた。

頼宣が背を返して立ち去る。

酒井は僅かに顔を上げ、唇に笑みを浮かべて頼宣の背中を見つめた。

松姫を案じる頼宣は、吹上の屋敷に帰るなり、奥御殿付の中井春房を呼ぶよう命じた。

程なく頼宣の部屋に来た中井が、正座して頭を下げる。

「お呼びにございますか」

「うむ。今日より姫の外出は禁止じゃ」

中井は動揺を隠せず、返答をしなかった。

頼宣は途端に怒気を浮かべる。

「信平が京より戻るまで、姫を会わせてはならぬと申しておるのだ」

怒鳴られた中井は、目を白黒させた。

二人は明日、下屋敷で会う約束がある。松姫が楽しみにしていることを知っているだけに、中井は慌てた。

「よう聞け」

そう言った頼宣から信平の噂を聞かされた中井は、顔を青ざめさせた。

「なんと、申されます」

頼宣は不機嫌な顔で中井を見据えた。

「噂がまことなら、悲しむのは姫じゃ。会わせてはならぬ」

「か、かしこまりました」

頼宣が目に入れても痛くない松姫のことを案じるのはもっともだと、中井は納得した。

「そちから姫に申せ。ただし、噂のことは知られてはならぬ。よいな」

「姫には、殿が急に下屋敷に客を招かれることとなったと、お伝えしとうございます」

「うむ。それでよい」

「はは」

いやな役目を押し付けられた中井は、ため息を吐きながら、松姫がいる奥屋敷へ足を向けた。


中井から、明日のことは取りやめになったと聞いた松姫は、衝撃のあまり、胸を押さえて目を閉じた。

「姫、お気を確かに」

竹島糸が心配して近寄るのを制して、松姫は中井に顔を向ける。

「何ゆえ、下屋敷へゆけぬのです」

「殿が大事な客を招かれることが、急に決まったそうにございまする」

「では父上も、下屋敷へまいられるのか」

「はい」

「ならば、わたくしは上野へまいりましょう。文を書きますから、これから届けておくれ」

中井は慌てた。

「ですが姫、市中へ出歩かれてはならぬとのお達しにございます」

松姫は中井の目を見た。

「中井」

「はは」

「そなたは、わたくしの味方ではないのですか」

中井は、皆を見回した。そばに控える糸も、後ろに控える侍女たちも、中井に厳しい目を向けている。

糸が責める面持ちで言う。

「姫様は、信平様の旅の安全を祈願なされ、お守りをお渡しするつもりだったのです」

「しかし……」

噂のことを言えぬ中井は、困り果てたような顔を松姫に向けたが、潤んだ瞳で見つめられては、抗うことなどできぬ。

板挟み状態の中井は、泣きそうな顔で両手をつく。

「むろん、姫様のお味方にございます」

松姫は微笑んだ。

「糸、筆を」

「今すぐにご用意します」

糸は硯《すずり》に墨を磨《す》り、朱色の柄の筆を渡した。

信平を誘う言葉をすらすらと書く松姫をちらと見た中井は、楽しそうな表情に胸が痛くなり、うつむいた。

書き終えた文に封をした糸が中井に託すと、松姫が言う。

「決して、父上に知られぬよう頼みます」

中井は無言で頭を下げ、部屋を辞した。

廊下まで出て見送った松姫は、部屋に入った。

「糸」

「はい」

「明日は夜が明ける前に屋敷を抜け出して、大門屋にまいります」

「それでは、裏門から抜け出しましょう」

「手立てはあるのですか」

「この糸に、おまかせください」

糸は自信ありげに、胸をぽんとたたいて見せた。

二

葉山善衛門は、番町の屋敷から来た使いの者を前に、顔を真っ赤にして、口をむにむにとやっている。

「おい、こりゃ、上森《うえもり》」

善衛門は、甥の正房がよこした若党の胸ぐらをつかんで引き寄せた。

「今一度、わしの目を見て申してみよ」

善衛門の血走った目を見ることができぬ上森は、恐れおののいた様子で言う。

「ま、松平信平様が、ご上洛を機に旗本をお辞めになり、鷹司家に戻られるとの、噂があると……」

「この、たわけが」

善衛門が両手で着物の襟を締め上げたものだから、上森はこめかみに青筋を浮かべて苦しんだ。

たまたま庭を通りかかった佐吉がこれを見つけてぎょっとなり、

「何をされておる！」

慌てて座敷へ駆け上がり、善衛門の腕を解いた。

げほげほと咳《せ》き込む上森が、恐れをなして後ずさる。

あいだに入った佐吉が、善衛門に言う。

「ご老体、頭に血をのぼらせると中風《ちゅうふう》になりますぞ。何を怒っておられる」

「ええい、離せ、離さぬか」

佐吉は暴れる善衛門を押さえつけ、上森に顔を向けて問う。

「おい、何があったのだ」

上森は顔を真っ青にして、廊下まで下がって言う。

「信平様が、鷹司家に戻られるとの噂をお伝えしたのです」

「ご老体、供をできぬことをまだ怒っておられるのか」

噂をまだ知らぬ佐吉が呆《あき》れて言うと、

「そうではないわい！」

善衛門は、信平が江戸に戻らぬかもしれぬことを教えた。

すると今度は佐吉が怒りだし、善衛門を突き放して上森の胸ぐらをつかみ上げた。

佐吉の怪力によって上森の足が床から離れ、苦しさのあまり白目をむいて泡を吹いてしまった。

これを止めたのは、お初である。

騒ぎを聞いて駆けつけたお初は、上森を締め上げている佐吉の背後に近づくやいなや、佐吉の脇腹に拳を入れた。

呻《うめ》いた佐吉が上森から離した手をつかむなり、

「えい！」

柔術をもって巨体を庭に投げ飛ばした。

「痛たたたぁ」

尻を押さえて唸《うな》る佐吉を睨んだお初は、上森を抱き起こすと、活《かつ》を入れて目をさまさせた。

その時信平はというと、どたばたと屋敷が騒がしい最中《さなか》、自室で昼寝をしていた。

部屋の片すみには、上洛の荷を入れた挟《はさ》み箱《ばこ》が用意されている。中身は狩衣などの着替えであるが、供が佐吉一人のため多くは持って行けず、荷物はこれひとつである。

佐吉が庭で何やら叫んだのに、信平が目をさました。

痛いだの、何をするのだと言うのに続いて、お初が何か言った声が聞こえた。

信平は起き上がり、何ごとかと思いつつ襖を開けて広間に出た。すると、途端に静かになった。

皆が居住まいを正し、

「殿、起こしましたかな」

善衛門が引きつった笑みを向けて言う。

お初はお茶を淹《い》れると言ってそそくさと去り、佐吉は廊下で座敷に背を向けて座し、しなくてもよい警固をするふりをしている。

ただ一人、深々と頭を下げた上森が、信平には哀れに見えた。

信平は上森の前に片膝をつき、不安そうな目を見て問う。

「麿が江戸に戻らぬという声が聞こえたが、どういうことじゃ」

上森は両手をついて這《は》うように下がり、平伏したまま、正房が本丸御殿で耳にした噂を告げた。

話を聞いた信平は、

「はて、麿は知らぬことじゃ」

初耳だと、首をかしげた。

しかし、将軍家綱が決めたのであれば、抗うことはできぬ。

信平はそう思うと同時に、松姫の顔が頭に浮かんだ。

「殿、噂にすぎませぬぞ」

善衛門が、正房の聞き間違いかもしれぬと言ったが、信平は楽観できない。

「されど正房殿は、本丸御殿で耳にされたのであろう」

「それは、まあ……」

善衛門が口ごもった。

「その噂がまことであれば、いずれ沙汰が来よう」

すると善衛門が、はっとした顔をして言う。

「沙汰に応じて、京に戻られますのか」

信平は目を伏せた。

「噂がまことであれば、麿にはどうすることもできぬ」

善衛門は何か言おうとしたが、口を閉じてうつむいた。

信平は上森に言う。

「ご苦労だった。正房殿に、よしなに伝えてくれ」

「はは」

上森が神妙に頭を下げて辞去したのと入れ替わりに、門番の八平《やへい》が庭に現れ、中井春房の訪問を告げた。

善衛門が表玄関まで迎えに行き、信平は、お初が持ってきた茶を一口飲んでから、書院の間に入った。

程なく来た中井が、信平に頭を下げてあいさつをし、

「姫様からの文をお持ちいたしました」

懐に入れていた文を差し出した。

善衛門から受け取った信平は、さっそく目を通した。

松姫は、上野山で会いたいと書いていた。

読み終えた信平は、中井に言う。

「承知いたしたと、お伝えくだされ」

「はは」

「時に、中井殿」

「はい」

「下屋敷へ行けぬようになったのは、麿の噂ゆえのことか」

「…………」

押し黙る中井の顔に、そのとおりだと書いてある。

信平は言う。

「噂のことを、松姫も知っているのか」

「いえ、姫にはお伝えしておりませぬ」

「では明日、麿から伝えよう」

中井が動揺した顔つきとなった。

「おそれながら、信平様にお尋ねしとうございます」

「申されよ」

「お噂は、まことにございますか」

「麿も、先ほど耳にしたばかりじゃ」

「では……」

「まったく知らぬことじゃ」

「単なる噂と思うて、よろしゅうございますか」

探るような目を向ける中井は、うなずかぬ信平に、迫るように訊きなおした。

「よろしゅうございますか」

信平は中井の目を見て言う。

「上様の思《おぼ》し召《め》しであれば、麿は従うのみじゃ」

「もし、噂のとおりになりましたら、なんといたされます」

「噂の出所が分からぬゆえ、何も考えておらぬ」

悪意ある者が、あらぬ噂を流しているとしたら、慌てれば慌てるほど思う壺《つぼ》である。

将軍を信頼している信平は、噂に流されて真意を確かめる気もなければ、疑う気もない。

「京にまいれば、すべて分かろう」

呑気に構える信平に苛立ち、中井は唇を噛《か》みしめた。

「それでは、あまりに姫様が、不憫にございます」

「たとえ噂の中身が真実であっても、麿が鷹司の本家に戻ることはない」

「では、いかがするおつもりですか」

「旗本を辞めるようなことになれば、野《や》に下ろう」

中井が目を見張った。

「浪人になると」

信平はうなずく。

「必ずや、江戸に戻ってまいる」

善衛門が口を挟む。

「殿、そのようなことをされても、千石にこだわるあの頑固親父が、浪人者になど松姫様を渡しませぬぞ」

中井も賛同した。

「それがしもそう思います」

「さようであろうな」

信平は軽く笑い飛ばした。

「されど麿は、上様を信じている」

「まったく殿は、肝が据《す》わっておりますな。それでこそ、わしが見込んだ殿じゃ」

佐吉が頼もしげに言い、善衛門と中井に自慢げな笑みを向けた。

「ふん、よい顔をしおって。わしとて、殿を信じておるわい」

善衛門が負けじ魂を見せると、

「それがしも、同じでござる」

中井までがそう言い、皆を驚かせた。

皆に笑われた中井が、ひとつ咳ばらいを入れて言う。

「これはきっと、信平様のご出世を妬《ねた》む者の仕業《しわざ》にござる。噂のことは、お忘れください」

「ふむ。そういたそう」

信平が微笑むと、中井も笑みを浮かべて言う。

「明日は必ず、姫を上野山にお連れいたします」

「道中、くれぐれも気をつけられよ」

「はは」

中井は頭を下げ、吹上の屋敷へ帰っていった。

三

翌朝、まだ暗いうちに、松姫は糸に手引きされて屋敷の裏門に向かった。

裏門には門番がいるはずだが、差し入れだと言って糸が渡したまんじゅうを食べて、二人ともぐっすり眠っている。

申しわけなさそうに手を合わせた松姫が、中井が用意した駕籠に乗り込み、夜明け前の市中へ出ていった。

この様子を陰から見ていた中間《ちゅうげん》が、半蔵門《はんぞうもん》を開けさせた駕籠が進む先を見届けると、屋敷に戻った。

松姫が屋敷を抜け出した知らせを戸田から聞いた頼宣は、飛び起きた。

「どこへまいったのじゃ！」

「半蔵門から、市中へ出られたものと思われます」

「まさか、信平の屋敷か」

「いえ、堀沿いを右に向かわれたとのことです」

「大門屋か」

「分かりませぬ」

「ええい。親の気持ちが分からぬのか。なぜ止めさせなかった！」

「申しわけありませぬ。門番には言いつけてございましたが、非番の中間にまでは回っておりませんでした」

「言いわけは聞かぬ」

頼宣は苛立ち、戸田を指差して命じる。

「すぐに連れ戻せ。急げ！」

「はは！」

頼宣は夜着を払いのけた。

「待て、わしもまいる。馬を引けい」

「ただいますぐに！」

戸田は寝所から走り去った。

急いで外出の支度をした頼宣は、戸田が用意させた愛馬に跨《また》がり、屋敷から馳《は》せ出た。

屋敷の騒ぎを知らぬ松姫の一行は、堀沿いを進み、飯田《いいだ》坂をくだった。上野の大門屋へ到着した頃にはすっかり夜も明け、店前の通りは大勢の人が行き交っていた。

大門屋は、いつもはまだ店を開けておらぬはずだが、今朝は表の戸が開けられていた。

それを見た中井が訊く。

「糸殿、大門屋に知らせていたのか」

「もちろんにございます。徳三郎殿が、姫のために開けて待っておられるのでしょう」

ぬかりはないと、糸が鼻を高くして言い、小走りで店の戸口へ行った。

「姫様のご到着でございますぞ」

訪《おとな》いを入れて中に入ると、待っていた小僧がぺこりと頭を下げて、すぐさま番頭を呼びに奥へ駆け込んだ。

番頭が出てくるのと、表に駕籠が止まるのが同時だった。

「番頭殿、世話になりますよ」

糸が機嫌よく言うと、番頭は顔を青ざめさせながらも、

「お待ちしておりました」

糸に頭を下げて、姫を迎えに出た。

「ささ、姫様、奥へお入りください」

松姫は笑みで応じて、店の中へ足を踏み入れた。

案内をする番頭の笑顔が、今朝は妙に引きつっている。

そのことに気付いた中井が、

「待たれよ」

皆を引き止めた。

「番頭、今朝は様子が変だが、身体の具合でも悪いのか」

「い、いえ」

「では、額の汗はなんだ」

番頭が慌てて額を拭ったが、汗など出ていない。

中井は、睨みつけるように訊いた。

「徳三郎は、何ゆえに迎えに出ぬ」

「お、奥で、お待ちでございますので」

「松姫様を迎えに出ぬと申すか」

番頭は返答に窮《きゅう》し、ぶるぶると震えはじめた。

「姫、様子がおかしゅうございます。ここは引き上げたほうがよろしいかと」

「困ります」

番頭が慌てて引き止めるのに、中井が詰め寄った。

「何を隠しておるのだ」

「そ、それは……」

口ごもる番頭を追及しようとした時、通りを走る足音がして、羽織袴姿の家来が数名駆け寄り、店の前を固めた。

背を返した中井が、愕然とした。

「戸田殿！」

戸田は中井に厳しい目を向ける。

「中井殿、これはいかがしたことか」

詰め寄られ、中井は返答に困った。

「殿のお達しを、お忘れか」

「いや、それは、その」

「わたくしが命じたのです」

松姫が中井の前に出てかばった。

「姫様」

片膝をつく戸田に、松姫は拝むように両手を合わせた。

「夕刻までには戻りますから、見逃してくれませぬか」

「いや、しかし……」

戸田は、困り果てた顔をした。

「構わぬ、屋敷へ連れ戻せ」

店の中から放たれた声に、松姫も、中井も糸も、同時に振り向いた。

「父上」

目を見張る松姫の視線の先には、徳三郎を従えた頼宣が立っていた。

怒った父の顔に、松姫は焦る。

信平との約束の刻限は巳《み》の刻。後半刻もない。

ここで連れ戻されまいと、松姫は逃げようとしたが、家来たちに行く手を塞がれた。

「姫、大人しく屋敷へ戻るのじゃ。さもなくば、わしの命に背いた中井と竹島、それに警固を怠った門番も、ことごとく牢《ろう》に入れねばならなくなるぞ」

頼宣の目が、脅しではないと語っていた。

戸田が引き連れていた家来たちが、中井の大小を奪い、糸の腕をつかんだ。

「手荒な真似《まね》をしてはなりませぬ」

松姫は言うが、家来たちは従おうとしない。

こうなっては、松姫はどうすることもできなかった。

「父上、屋敷に帰ります。どうか、二人をお許しください」

松姫が観念すると、頼宣が顎《あご》で放してやれと命じた。

家来が下がると、松姫は糸にあやまった。

「わたくしのせいで、迷惑をかけました」

「姫様、何をおっしゃいます」

恐縮する糸の手をつかんだ松姫は、頼宣に向いて懇願した。

「父上、信平様に文を書かせてください」

「すべては屋敷に戻ってからじゃ」

頼宣は、今すぐこの場を立ち去るよう命じた。騒ぎを聞いて、町人たちが集まりはじめていたからだ。

松姫の腕をつかんで外に出た頼宣は、駕籠に乗せると、戸田に警固を命じ、家来が引いてきた馬に跨がった。見送りに出た徳三郎を馬上から見下ろし、

「迷惑をかけた」

一言あやまり、馬の腹を蹴った。

松姫を乗せた駕籠が吹上の屋敷に入ったのは、日がすっかり高くなった頃だった。

駕籠を降りた松姫は急ぎ自室に戻り、文をしたためて上野山に遣わそうとしたのだが、

「文を書いてはならぬ」

頼宣が部屋に来て、筆を止めさせた。

松姫は平身低頭して願った。

「父上、この文だけでも、届けさせてくださりませ」

「ならぬ」

松姫は顔を上げた。

「何ゆえでございます。昨日までは、下屋敷でお会いすることをお許しくださったではございませぬか」

「そなたのためじゃ」

頼宣はそう言うだけで、理由を教えようとしない。

松姫は食い下がった。

「父上。わたくしのためだと申されるなら、信平様に会わさぬわけをお聞かせください」

頼宣は辛《つら》そうに目を閉じて、信平に会わさぬ理由を、ゆっくりと語って聞かせた。

「信平様が、京に――」

信平の噂に衝撃を受けた松姫は、言葉を失い、手で胸を押さえた。

「姫、いかがしたのじゃ」

松姫は答えずに、苦しそうな息をしている。

異変に気付いた頼宣は狼狽《ろうばい》した。

「誰か！　誰かおらぬか！」

信平が江戸に戻らぬかもしれぬと知った松姫は、あまりの衝撃に胸が苦しくなり、そのまま気を失ってしまった。

「姫、しっかりせい！」

声に慌てて来た糸が、

「姫様！」

倒れた松姫を見て仰天し、奥医師を呼ぶように叫んだ。

「おお、気がつかれたか」

奥医師の渋川昆陽《しぶかわこんよう》が、松姫が目を開けたのを見て、白髪の眉毛をへの字に下げて安堵した。

「急なお話で、気が動転されたのでございましょう」

もう大丈夫だと言って、昆陽は寝所から辞した。

「姫様」

糸が覗き込み、目を潤ませている。

「わたくしは……」

ここがどこなのかも分からぬ様子で、松姫が半身を起こした。

手を貸した糸が、寝所だと教えて松姫の手をにぎって安堵させると、すぐに顔を背けて、袖で目を隠した。

ふと、外が暗くなりはじめているのに気付いた松姫が、慌てて布団から出た。

「姫様、いかがされました」

「信平様にお目にかかります。支度を」

「なりませぬ」

止めようとする糸の手を振り払った松姫は、襖の前に立った。

「このままお目にかかれぬなら、わたくしは自害します」

「姫様、何を仰せです」

「信平様からまことを聞くまでは、誰の申すことも信じませぬ」

懐剣の柄《つか》に手をかける松姫に、糸は目を見張った。

「姫様」

「寄るな」

頑なな松姫に、糸はどうすることもできずその場に立ちすくんだ。

「お願いです糸。信平様が京に旅立たれる前に、どうしてもお目にかかりたい」

涙をためて懇願する松姫に、糸はもらい泣きした。頬《ほお》に伝う涙を手の甲で拭った糸は、ひとつ大きな息を吐き、腹を決めた面持ちの顔を上げる。

「分かりました。こちらへ」

松姫から懐剣を奪って手を引き、別室に連れて行く。そこには、上野山に着て行くために用意していた桜色の綸子《りんず》の着物が置かれていた。

小葵文《こあおいもん》の模様のため派手ではなく、頬被りをすれば、外出をする女中にも見える。

松姫を着替えさせ、紫色の頬被りをさせた糸は、人目を盗んで裏庭に誘い、女中が出入りに使う潜り戸から外に出そうとした。

見張りを厳しくしていた家来が見逃すはずもなく、

「そこで何をしておる」

声をかけて駆け寄る。

糸が松姫を外に押し出し、

「姫様、くれぐれも、お気をつけて」

自ら盾になるべく、戸を閉めた。

「すまぬ糸」

松姫は手を合わせて詫びると、信平の屋敷へ向かって駆けだした。


騒ぎを聞いた頼宣が廊下へ出ると、戸田が駆けてきた。

「何ごとじゃ」

「松姫様が、屋敷を抜け出されたようにございます」

捕らえられた糸が連れてこられたのを見て、頼宣は慌てた。

「まさか信平のもとへ走ったのか」

頼宣が訊くが、糸は地べたにうずくまって頭を下げたまま黙っている。

「ええい、申さぬか！」

家来が尋問するのを、頼宣が止めた。

「手荒な真似をするでない」

「はは」

家来が引き下がると、戸田が頼宣の前に割って入って片膝をついた。

「すぐに、追っ手を出しまする」

「放っておけ！」

「されど――」

戸田が見上げると、頼宣は呆れたのか、それともあきらめたのか、どちらとも分からぬ表情をしていた。

「まことに、よろしいのでございますか」

戸田が念押しすると、

「気を失うほどに、信平のことを想うておるのだ。もはや、誰にも止められぬわい」

頼宣は戸田と家来たちを下がらせ、糸の両肩に手を差し伸べて顔を上げさせた。

「そなたも、気苦労が絶えぬの」

「滅相《めっそう》もございませぬ」

「松姫は、よき侍女を得て幸せ者じゃ」

糸は首を横に振った。

頼宣は目を細める。

「これからも、松をよろしゅう頼むぞ」

糸は安堵し、その場にうずくまって肩を震わせた。

四

風が吹き、桜の花びらが、信平の前を舞っている。

日が西にかたむき、やがて、背後の寛永寺黒門がきしむ音を立てて閉じられた。

信平は見上げた。空はまだ青いが、閉じられた黒門を離れた信平は、家路についた。

約束の刻限から今まで待っていたのだが、とうとう、松姫は現れなかった。

何かあったのだろうかと思いつつ、不忍池《しのばずのいけ》から湯島天神《ゆしまてんじん》の門前へ上り、水道橋《すいどうばし》の袂《たもと》から神田川《かんだがわ》沿いの道を四谷に向かった。

日が暮れはじめると風が強くなり、空に黒い雲が流れてきた。

冷たいしずくが頬に落ちたかと思うと、にわかに雨が降りはじめた。

次第に激しくなっていく雨を嫌い、信平は駆けだした。

屋敷の近くまで帰った時には、本降りとなった雨のせいで、狩衣はすっかり濡《ぬ》れてしまっていた。

先を急いでいたが、激しい雨音にまじり、か細い声がした気がして、信平は立ち止まった。

薄暗い中、堀が黒い水面を霞《かす》ませて、武家屋敷が立ち並ぶ道が雨に煙っている。

気のせいかと思い、歩みだそうとした時、

「信平様」

今度は、はっきりと聞こえた。

忘れもせぬ松姫の声に、信平は振り返った。すると、雨に霞む道に、松姫が立っていた。雨に打たれ、全身がずぶ濡れになっている。

「姫！」

信平は駆け寄り、姫の手をにぎり締めた。

松姫は、しずくが滴《したた》る顔を上げて、信平を見つめた。

「もしや、今まで約束の場に……」

「麿のことはよい。それよりどうしたのだ、こんなに濡れて」

松姫は、上野の大門屋から父に連れ戻されたことを言い、信平に詫びた。

「どうしてもお会いしたくて、屋敷を抜け出してまいりました」

「冷たい手をしている。麿の屋敷へまいろう」

信平は松姫の手を引き、屋敷へ急いだ。

門の前まで帰ると、軒先で空を見上げていた八平が信平に気付き、

「やや」

美しき姫を連れているのに腰を抜かさんばかりに驚き、口をあんぐりと開けた。

「このお方は松姫じゃ。門を開けよ」

信平に言われて、

「あい！」

喉の奥から引きつったような声を出し、飛び跳ねるように中へ駆け込み、表門を開けた。

松姫が笑みを浮かべて頭を下げ、信平と共に屋敷の玄関へ向かうのを見送った八平は、

「天女様だぁ」

呆然《ぼうぜん》と立ちつくしていたが、ふと我に返り、先に玄関に走って信平が帰ったことを大声で伝えた。

「殿は雨に濡れておられるのか」

風邪でもひけば旅に差し支えると言いながら小走りで出迎えた善衛門が、信平が松姫を連れているのに驚き、急に立ち止まった拍子に式台で滑りこけた。

すぐに起き上がった善衛門は、目を白黒させて信平に言う。

「とと、殿！　いかがされたのじゃ」

「話は後じゃ。お初はおらぬか」

「ここにおります」

廊下から現れたお初が、松姫を見て目を見張ったものの、すぐに落ち着きを取り戻し、

「奥で、お着替えを」

ずぶ濡れの松姫を気遣い、奥の部屋へ案内しようとした。

信平が言う。

「身体が冷え切っている。湯殿は使えぬか」

お初は応じた。

「湯が沸いてございます」

「松姫、湯で温まるとよい」

松姫は遠慮したが、お初が笑みで応じて、

「さ、こちらへ」

手を取り、湯殿へ案内した。

家に帰らず、信平の帰りを待っていた佐吉は、善衛門の袖を引いて誰かと聞いている。

「たわけ、奥方様じゃ」

「うお！」

松姫と知り、佐吉は目を丸くした。

その二人の前を、信平は素知らぬ顔で通り過ぎようとしている。

善衛門がいぶかしむ。

「殿、何があったのでござるか」

「ふむ」

信平が手短に事情を話すと、善衛門は口をむにむにとやり、

「さようでござったか。あの頑固親父が邪魔だてしたに違いござらぬ」

不機嫌に言い、床に滴る水を見てため息をついた。

「すぐお着替えなされ。風邪などひかれては、上洛できなくなりますぞ」

「分かった」

部屋に戻る信平より先に歩んだ善衛門は、着物を取りに納戸《なんど》へ向かった。

着替えをすませた信平は、善衛門が持ってきた酒を一口飲み、身体を温めた。

信平の様子をじっと見ていた善衛門が、探る眼差《まなざ》しで言う。

「さすがの殿も、ひとつ屋根の下に姫がおられると、落ち着きませぬか」

信平が答えずにいると、善衛門は気を利かせて、佐吉を連れて別室に下がった。

湯殿で身体を温めた松姫は、お初の世話を受けて髪を解き、櫛《くし》を通してもらっている。

「粗末な着物で申しわけございませぬ」

お初が言うと、松姫は優しい笑みを浮かべて、かぶりを振った。

お初は松姫の髪を後ろで束ね、白い元結《もとゆい》で結ぶと、声をかけた。

「信平様のお部屋に案内いたします」

「はい」

「こちらへ」

お初が先に立ち、松姫を案内した。

信平の部屋の前で声をかけ、返事を待って、襖を開けた。

松姫にうなずいて促すと、中に入る背中を見送り、

「今、お茶をお持ちいたします」

そう言って襖を閉め、台所に下がった。

下女のおたせが淹れた茶と菓子を持って戻ると、襖の前に、善衛門と佐吉が身を寄せている。

目を閉じてため息を吐いたお初が、二人の頭を扇子でたたいた。

驚いた善衛門と佐吉が指を唇に当てて、ばつが悪そうな顔で笑って誤魔化すのをどかせ、襖の前に座った。

「失礼いたします」

声をかけて襖を開けると、信平と松姫は、向かい合って座っていた。

松姫は、悲しげな顔をうつむけている。

「二人とも、そこにおるのであろう」

信平が声をかけると、頭をかきながら佐吉が顔を出し、大きな身体の後ろに善衛門が隠れている。

「佐吉」

「はは」

「吹上の御屋敷に一走《ひとはし》り頼む。姫は、後程お送りすると知らせてくれ」

「わたくしは、もう帰りませぬ」

松姫の言葉に驚いた信平は、

「姫……」

帰らねば大騒ぎになる、そう言おうとしたが、松姫が言葉を被せた。

「ここで、信平様のお帰りをお待ちしとうございます」

「噂を信じてはならぬ。麿は必ず戻るゆえ、吹上の屋敷で待っていてくれぬか」

松姫が悲しげにうつむいた。

見かねた善衛門が、佐吉を突き飛ばすようにどかせて前に出ると、

「殿！　外は大雨ですぞ。今宵《こよい》は、姫、いや、奥方様をお泊めなされ」

「善衛門、そなたまで何を言うのだ」

善衛門は信平と松姫の前に座した。

「明後日は上洛されるのですぞ。その前にですな、その、夫婦の契《ちぎ》りを結びなされ。さすれば、誰にもお二人を離すことはできませぬ」

そう言うと二人の手を取り、

「よろしいか」

強い力で引き寄せて、にぎらせた。潤ませている目を信平が見ると、善衛門は顔を背け、松姫を見た。

「奥方様」

「はい」

「御屋敷から迎えの者が来れば、それがしが追い返してやりますゆえ、どうぞご安心めされよ」

松姫が明るい顔でうなずくと、善衛門も笑みでうなずいて立ち上がり、佐吉を連れて出ていった。

信平は、松姫の手を離さなかった。善衛門の言うとおりに、松姫を泊めることにしたのだ。

微笑み合う信平と松姫に嬉しそうな顔をしたお初は、

「夕餉の支度をいたします」

頭を下げ、台所に下がった。

その夜、信平と松姫は、共に寝所に入った。

すでに祝言を挙げた二人は、夫婦である。誰にも遠慮はいらぬのだが、信平は姫の前に座り、手をにぎった。

「松」

「はい」

「麿は、そなたと暮らす日が来るまでは、契りを籠《こ》めぬと誓っている」

「信平様……」

松姫はそっと身を寄せ、信平の胸に抱かれた。

二人は、そのまま横になった。

松姫の柔らかな頬、髪の匂い、すべてが愛《いと》おしく、壊れてしまいそうなほど細い肩を抱いているだけで、幸せな気持ちになれた。

言葉など必要なかった。同じ床《とこ》に入り、互いの肌の温《ぬく》もりを感じるだけで甘い気持ちになり、いつまでもこうしていたいと思った。

「このまま、朝がこなければいいのに」

松姫が寂しげな声で言い、信平の腕に、涙がこぼれた。

信平は姫の涙を拭い、吸い込まれそうなほど美しい瞳を見つめ、そっと唇を重ねた。

「何があろうと、必ずそなたを迎えにまいる。信じて、待っていてくれ」

松姫は、目を潤ませながら、笑みを浮かべてうなずいた。

翌朝、信平の屋敷の前に、紀州徳川家の駕籠が止まった。

中井春房が八平に開門させると、駕籠は中に入り、玄関の式台に横付けされた。

竹島糸が駕籠のそばに控えて、松姫が現れるのを待っている。その顔は、幾分か笑みを浮かべているようであったが、松姫が姿を見せると、手を差し伸べ、駕籠に誘《いざな》った。

見送りに出た信平に頭を下げた糸の横に中井が並び、頭を下げて告げた。

「信平様も、姫と共に当家の屋敷へお越し願いまする」

「何ゆえでござるかな」

善衛門が問うと、中井は顔を上げ、信平を見て言う。

「殿が、是非ともお越し願いたいとの仰せにございます」

「まいろう」

信平は、いかなるお叱りと罰も甘んじて受けるつもりでいる。

その覚悟を知る善衛門は、

「では、それがしもお供いたす」

佐吉に信平の太刀を持ってくるよう命じ、自分の太刀を取りに戻った。

松姫が乗る駕籠と共に屋敷を出た信平は、半蔵門から吹上に入り、紀州徳川家の表門を初めて潜った。

奥御殿に直接向かう姫の駕籠と別れ、信平は表御殿の玄関に案内された。

中井に連れて行かれた書院の間は、徳川御三家であり、五十五万五千石の大大名の上屋敷《かみやしき》だけに、本丸御殿に劣らぬ壮麗さだ。

程なく、頼宣が一人で現れた。頭を下げる信平と善衛門を睨むようにして、上座に座った。

様子をうかがう気配があったが、信平も善衛門も、頭を下げたままである。

頼宣がため息まじりに、

「面《おもて》を上げよ」

告げると、

「はは」

善衛門が大仰《おおぎょう》に応じて、信平は顔を上げた。

唇を引き締め、にがにがしい顔つきをした頼宣に、

「他の者は下がってよい」

そう告げられた中井が立ち上がり、善衛門を促した。

不服そうな善衛門であるが、人払いを命じられては仕方がない。信平のことを気にしながら、中井と共に別室に下がった。

二人きりになり、信平はふたたび頭を下げた。

頼宣が低い声で言う。

「信平殿」

「はは」

「昨夜は、姫が世話になったそうじゃな」

「申しわけございませぬ」

「一晩共に過ごしたからには、覚悟をしてもらわねばならぬぞ」

「元よりそのつもりにございます」

「今の返答は、わしの意を受けるということじゃな」

「はい」

頼宣は立ち上がり、頭を下げている信平の前に座り、面を上げさせた。

「城での噂は聞いておるな」

「根も葉もないことかと」

「じゃが、油断は禁物じゃ。幕府の中に、そちを疎《うと》む者がおるに違いない。上洛の供は何人おるのだ」

「一人にございます」

頼宣は目を見張った。

「まあ、そちの剣術をもってすれば案ずることはあるまいが、道中、くれぐれも気をつけることじゃ」

「お気遣い、痛み入りまする」

「これは、わしからの餞別《せんべつ》じゃ」

頼宣は、腰の脇差を抜き、信平に渡した。

両手で受け取った信平は、押しいただく。

「ありがたく、頂戴いたします」

「信平……」

頼宣は、頭を下げた信平の肩をつかみ、

「姫のために、必ず戻ってこい。これが、わしの意じゃ。よいな」

睨むようにして言い、手に力を込めた。

信平が驚いて顔を上げると、頼宣は真顔でうなずき、立ち上がって書院の間から出た。

その背中に向かい、

「必ず」

誓いを述べた信平は、平伏した。

廊下で足を止めた頼宣は、唇に笑みを浮かべ、ふたたび歩みを進めた。

五

信平は、夜中に目をさました。外はまだ暗いが、未明の出立が定められているため支度を整え、先日豊後守が告げたとおりに、城からの使者を待つ。

将軍家旗本であれば、羽織と野袴に編笠《あみがさ》を被るのであろうが、信平は狩衣に烏帽子《えぼし》の、いつもの身なりに整えた。

共に旅をする佐吉は、善衛門が支度した灰色の着物と羽織に、黒の野袴を着けている。

「殿、荷物はこれですな」

佐吉は黒漆塗りの挟み箱を持ち、軽々と肩にかけて拍子抜けしたような顔をした。

「これだけで、まことに足りますのか」

信平は微笑む。

「十分じゃ」

二人の話を聞いていた善衛門が、大きなため息をついた。昨夜から元気がなく、思いつめたような表情をしている。そして、信平と佐吉が玄関に行こうとすると、思い出したような顔を上げた。

「佐吉、路銀《ろぎん》を持ったであろうな」

「ここにありますぞ」

佐吉が、胴巻きを巻いた腹をぽんとたたいて見せた。

「道中くれぐれも、殿を頼むぞ」

「おまかせあれ、おまかせあれ」

上機嫌で言う佐吉に、善衛門が不機嫌になる。

「浮かれおって。油断するでないぞ」

はいはい、と応じた佐吉が、信平を追って玄関に出た。

式台に出て早々に、佐吉が苛立ちはじめた。

「それにしても、お城からのご使者は遅いですな」

善衛門はうなずき、玄関の外に目を向ける。

表では、ちょうちんを持ったお初、おたせ、おつうの三人が並び、信平を見送ろうとしている。

善衛門は眉間に皺を寄せ、唇を尖らせた。

「殿、まことに使者は来るのでしょうかな」

「道中手形がないゆえ、来てもらわねば出立できぬ」

「さようでした。肝心なものがなければ、出るに出られませぬな。殿、今日はおやめなさるか」

信平に振り返り、行かぬという言葉に期待する顔をする善衛門の背後に、八平が走ってきた。

「大殿様、お城からお迎えがまいりました」

「何、迎えじゃと。道中手形を持ってきたのではないのか」

「それがどうも、様子が変なので。殿様をお迎えにまいったと申され、門前でお待ちです」

善衛門が信平に振り返り、

「殿、ここでお待ちを」

言うと、八平と共に門前に向かった。

善衛門は、すぐに駆け戻ってきた。小言《こごと》を言うのかと思いきや、

「殿、急ぎまいらせませ。佐吉、何をしておる、急がぬか」

ずいぶん慌てた様子である。

何ごとかも訊かず信平が外に出ると、八平が門の閂《かんぬき》を外して開けた。

歩み出た信平は、外の光景に驚き、立ち止まった。門前には、馬一頭を連れた六名の侍が片膝をついて控えており、他にも、馬の口取り、挟み箱持ち等、供の小者が六人ほどいる。

皆、陣笠《じんがさ》や編笠を被り、旅支度をしている。

何ごとかと見回していると、陣笠を被った侍の一人が、

「拙者、城山職秀《じょうやまもとひで》と申します。上様の命により、ここに控えます者共々、京までお供つかまつりまする」

かしこまって言うと、頭を下げた。

将軍家直臣と名乗った城山は、三十半ばほどの年頃か、普段は本丸御殿で仕えているというだけあって、堅物そうであり、いかにも幕臣らしく、きりりとした顔つきをしている。

「貴殿は、信平様が都から帰られる時も供をなさるのか」

善衛門が訊くと、城山は困惑した顔をした。

「それがしは、往路だけにござる」

「なんじゃと。それは、どういうことじゃ」

「信平様をお送りした後は、上様の名代として、大坂城へまいらねばなりませぬ」

「では、帰りは供がおらぬのか」

「それは、信平様がご実家へ何日おられるか分かりませぬので、なんとも」

「まあ、それは、そうじゃ」

善衛門は、言われて初めて気付いた。

「殿、どのようにお考えでござるか」

「それは、父に会うてみなければ分からぬ。重篤なれば、臨終に付き添いたい」

「葉山殿、そういうことにござる」

城山が言い、付け加えた。

「信平様がお戻りになられるまで、葉山殿は番町の屋敷へ帰るようにと、上様のお達しにござる」

善衛門が驚愕《きょうがく》したが、城山はお初に顔を向けて言う。

「そなたも、豊後守様の御屋敷へ戻るようにとのお達しじゃ」

お初は真顔で、返事をしない。

善衛門が言う。

「待たれよ。それでは、この四谷の屋敷は誰が守るのじゃ」

城山が、いかにも公儀の役人らしい、冷たい顔つきで通告する。

「明日からは、公儀が手配した番人が来ることになっております。それまでに支度をすませておられよ」

善衛門は不服を言おうとしたが、城山が顔をそらし、小者に顎を引く。

すぐに応じた小者が、馬の横に踏み台を置き、信平に頭を下げて控えた。

「では信平様、まいりましょう」

城山に促され、信平は馬に跨がった。

「殿、お気をつけて、行ってまいられませ」

善衛門が大声で言い、お初たちが頭を下げた。

「では、しばしの別れじゃ」

信平が言うと、供侍の一人が出立の声を発し、一行は門前から歩を進めた。

馬に乗る信平の背中が、門前の灯籠の明かりから遠ざかり、次第に見えなくなってゆく。

その背中を追うように、よろよろとした足取りで歩み出た善衛門が、

「殿、ご無事で戻られよ」

涙声で言い、姿が見えなくなるまで見送った。

その頃、吹上の紀州藩邸では、松姫が廊下に出て、四谷の方角の空を見上げていた。

満天に輝く星が美しいが、松姫の目には、一夜を共に過ごした信平の姿しか映っていない。

「信平様、どうかご無事で」

天に祈り、目を閉じた松姫の頭上に、星がひとつ流れた。

六

信平は、江戸を発った日から十五日後に、京の都に到着した。

この日数は決して早いほうではないが、将軍家綱が遣わした城山の一行のおかげで関所もすんなり通ることができ、宿場では役人の出迎えを受けて本陣に滞在するなど、大名級の扱いを受けたのである。

京都所司代《しょしだい》、牧野佐渡守親成《まきのさどのかみちかしげ》の出迎えを受けた信平は、ここで一日休んだ。

久しぶりの京は、いたるところで新しい普請をされている江戸にくらべ古く見えるのだが、静かで落ち着いた町並みは、信平のこころを逆にざわつかせる。

初めて京を見た佐吉は、天子様が暮らす土地かと感激した様子で、古い町並みに目を輝かせていた。

夜は夜で、出された京料理を食した佐吉は、江戸とは違う味にまた感心し、飲みやすい酒が過ぎてしまい、早々に酔い潰れた。

それでも翌朝は、

「つい、飲みすぎてしまいました」

浮かれたことを信平に詫び、大きな身体を小さくして支度に勤《いそ》しんだ。

笑って許した信平は、大坂に向かう城山たちに礼を言って見送り、佐吉には町の見物をすすめ、一人で春日小路《かすがこうじ》を通って鷹司家の屋敷へ向かった。

東中門廊から寝殿《しんでん》に案内される信平は、ふと立ち止まり、庭を見た。

寝殿造といわれる鷹司家の屋敷には、南庭に池があり、中島、朱塗りの反橋《そりはし》、釣殿《つりどの》が設けてある。信平が立つ東中門廊の前に遣水《やりみず》が流れ、池に注いでいる。

信平はこの雅な庭で遊んだ記憶はないが、江戸から帰った今、このように小さき庭であったかと思った。

これは、鷹司邸の庭が小さいのではなく、江戸の大名屋敷が、桁《けた》違いに広いのである。

ふたたび歩を進めた信平は、案内の者に従い、寝殿への渡殿《わたどの》に控えて、呼び出しを待った。

信平のことはすぐに伝えられ、戻ってきた案内の者が、これよりは一人で行くように告げた。

寝殿に渡った信平は、庭を背にするかたちで廊下に座り、誰とも目を合わさず、上座に向かって頭を下げた。

かしこまって、本理院の名代として父の見舞いに上洛したことを告げると、

「遠路はるばる、ようまいられた」

甥の教平《のりひら》が座を立ち上がって、信平を迎えに出た。

信平が顔を上げると、黒い狩衣に白い指貫《さしぬき》姿の教平が、笑みを浮かべてうなずいた。

その肩越しに、帳《とばり》を下ろした帳台《ちょうだい》が見えるが、中に人影があることに、信平は気付いた。

「父上……」

起きられるのかと、教平を見ると、

「今朝、床払《とこばら》いをなされた」

まだ油断はできぬが、起きられるようになったという。

「ささ、中へ入って、江戸の話を聞かせてさしあげなされ」

「はは」

年上の甥に頭を下げた信平は、部屋に入り、帳台に座る父信房に平伏し、拝謁の言葉を述べた。

満足そうな顔で応じた信房が声をかける。

「信平、ようまいった。そなたのことは、孝子から聞いておる。徳川殿に、よう仕えておるようじゃな」

信平は恐縮した。

「板倉《いたくら》殿が藤原教広《ふじわらののりひろ》殿に襲われた騒動の折は、お手を煩《わずら》わせました」

「猪熊《いのくま》の子のことか」

「はい」

「なぁに、たいしたことはしておらぬ。板倉殿が、無事で何よりであった。あの時は、ずいぶんと活躍をしたそうじゃな」

信房は、鉄漿《かね》に染めた黒い歯を見せ、笑みを浮かべた。

「おかげさまで、五百石のご加増を賜《たまわ》りました」

「うむ」

信平が改めて言う。

「父上」

「うむ？」

「本理院様が、お身体を案じておられます。床払いなされたばかりなれば、ご無理をなさいませぬように」

「わしも、九十の齢《よわい》を超えた。宮中では、わしのことをものの、け、などと、申す者がおるとか」

「殿下《でんか》、そのようなことはございませぬ」

教平が困ったように言うと、信房は愉快そうに笑い、笑いすぎて咳き込んだ。

背中をさすろうとした教平を制し、

「それより、例のものを」

命じると、

「さようでございました」

教平が、狩衣の懐から書状を取り出し、信房に渡した。

「信平殿、こちらへ」

父に寄れと教平に言われ、信平は前に進み、座りなおした。

信房が、信平に目を細めて言う。

「信平」

「はは」

「これは、朝廷からのお達しであるぞ」

信平はかしこまり、書状に頭を下げた。

「教平、そちから申し渡せ」

信房が孫に託すと、教平が居住まいを正した。

信平は、京に戻ることを命じられるのかと不安になったが、こころを静めて顔色を変えずに、頭を下げている。

書状を開いた教平は、一度信平を見て、落ち着いた声で告げた。

「松平信平を、従《じゅし》四位下《いのげ》、左近衛少将《さこんえのしょうしょう》に任ずるものなり」

思わぬことに、信平は目を見張った。

「返答を」

教平に求められ、信平は顔を上げて問う。

「おそれながら、将軍家はご承知のことですか」

教平は微笑んでうなずく。

「これは、将軍家綱公から申し出があってのことじゃ」

「上様が……」

信房が言う。

「わしの目が黒いうちに信平が官位を賜ったこと、まことにめでたきことじゃ」

信平はこの時、父の口添えがあったに違いないと思った。それゆえに、江戸城であのような噂が立ったのではないか。

「信平」

「はい」

「より一層、励めよ」

「はは、謹《つつし》んでお受けいたしまする」

信平が頭を下げると、信房がうなずき、教平が告げる。

「続いて、幕府からのお達しにより、この場にて新たな家禄を申し渡す」

「はは」

教平は居住まいを正し、信平を見て言う。

「左近衛少将信平に、知行千四百石を与える」

千……四百石——

信平の頭に、松姫の顔が浮かんだ。やっと、迎えに行ける時が来たのだ。

信房に言われて、信平は我に返った。あまりに急なことに、呆然としていたのだ。

「いかがした、信平」

「いえ……」

父と教平の顔を見て、ふと、不安がよぎった。

信房に言われた信平は、思い切って訊く。

「何か、不服か」

「知行地は、いずこの地でございますか」

これには教平が答えた。

「知行地は、幕府が決められることゆえ、朝廷は関与いたさぬこと。江戸にくだったのちに、お達しがあろう」

信平は教平を見た。

「江戸に戻っても、よろしいのですか」

教平がいぶかしげな顔をする。

「それは、どういう意味じゃ」

「此度の上洛を機に、麿を京にとどめるという噂がございます」

「そのことは、知っておる」

教平が言ったので、信平は驚いた。

「ご存じでしたか」

「所司代より聞いた。妬みじゃ」

「妬み？」

「徳川将軍家に厚遇《こうぐう》される信平殿のことを妬んでの、噂であろう」

教平が言い、嘆息を吐いた。

信房が厳しい面持ちで言う。

「信平、そなたの身体には、わしの血が流れておる。幕府の中には、公家を嫌う者もおるゆえ、この先も、そなたを妬む者が出よう。そのような輩《やから》に、負けてはならぬぞ。朝廷より官位を賜り、徳川殿に忠節を尽くせ。それが、そなたが生きる道じゃ」

信平は、信房に頭を下げた。

「はは、肝に銘じまする」

「うむ」

信房は、これが今生《こんじょう》の別れと察しているのか、息子である信平に優しい笑みを向けていた目から光るものがこぼれ落ちるのを、そっと指で拭った。

第三話　妖しき女

一

鷹司松平信平は、明後日江戸に帰ることが決まり、

「ちと、出かけてくる」

江島佐吉を、滞留中の京都所司代の屋敷に残して、ふらりと出かけた。

よく晴れた、昼下がりのことである。

供をすると言った佐吉を残したのは、これから会おうとしているお方が、人が訪れるのを嫌うからだ。

鷹司牡丹《ぼたん》の刺繡《ししゅう》が施された白い狩衣を着た信平は、宝刀狐丸を腰に下げたいつもの身なりで、鴨川《かもがわ》沿いの道を川上に向かい、途中で高野川に分かれている道を進み、比《ひ》

叡山《えいざん》に足を踏み入れた。

険しい山道をのぼりながら、信平はふと、幼い頃のことを思い出していた。

初めてこの道に足を踏み入れたのは八歳の頃だ。幼い信平は、狩衣から身を曝《さら》すところ以外は、体中に痣《あざ》を作り、暗い顔をしていた。

元関白《かんぱく》の父を持ちながら、庶子ということで身分も低く、公家衆からは軽んじられていた。

父が年老いていたこともあり、

「殿下のお子ではあるまい」

「鷹司家の者は、女狐《めぎつね》に騙《だま》されておられるのだ」

陰口をたたかれた。

色白で、端整な顔立ちをしている信平のことを、

「狐の子じゃ」

などと言いふらす者もおり、そのせいで、鷹司家の者からも、疎まれていたのである。

信平は、同世代の公家の子息に絡《から》まれ、

「狐の子め、尻尾を出せ」

人目に付かぬ所で、殴る蹴るの仕打ちを受けていた。

そんなある日、痛めつけられていた信平の前に現れたのが、道謙《どうけん》であった。

薄汚い身なりをしている道謙のことを、公家の子息たちは気にもせず、信平を痛めつけた。

道謙は、痛めつけられる信平を助けもせず、

「おもしろい」

酒を飲みながら見物していたのだが、公家の子息たちが立ち去ると、一人道端にうずくまる信平の前に座り、

「強くなりたいか」

真顔で訊く。

信平が涙を流しながら睨むと、髭《ひげ》が伸び、赤黒い顔色をした道謙は見据えて、

「ほほ、よき目じゃ。強くなりたければ、叡山に来るがよい」

そう言うと、笑いながら立ち去った。

信平は、強くなりたい一心で、翌日、叡山に足を踏み入れたのである。

「丁度《ちょうど》、このあたりであったか」

信平は、あたりを見回した。竹林に囲まれた道を歩んでいる時に、どこからともな

く道謙が現れたのを憶《おぼ》えている。

　その日のうちに弟子となった信平は、叡山と鞍馬山《くらまやま》に場所を変えながら厳しい修行を重ね、秘剣、鳳凰《ほうおう》の舞《まい》を修得したのだ。

「あれから、何年になるか」

　独りごちた信平は、幼き頃を思い出しながら、道を進んだ。竹林を抜けると、藤の花が、深い雑木林の中で華やかな色を見せている。

　山道を挟み込む木々の奥から聞こえる鳥の鳴き声が、なんとものどかであった。

　途中で、細い道に入ると、さらに山深くなる。

　朽ちかけた鳥居が見えてきた。民から忘れ去られた祠《ほこら》が、草の中に埋もれている。

　鳥居の前を横切ると、杉林の奥に、小さな庵《いおり》が見えた。ここが、道謙の住処《すみか》だ。

　信平は杉林に足を踏み入れ、落ち葉が重なる軟らかい地面を踏みしめながら、庵に向かった。

　この場所を知る者は、信平の他にはいない。ゆえに、人に頼んで文を届けることもできず、江戸にくだって以来、師の様子を知らぬ。

　生きていれば、今年で七十になる。父信房から見れば、

「倅《せがれ》のようなものじゃ」

なのだろうが、世の中にくらべると、長命である。

庵の様子をうかがいながら歩み、杉林から抜け出ると、表側に回った。

庵の周囲は案外と広く、昔は畑もあったのだが、その畑は今、作物が何ひとつ育っておらず、一面が草に覆われて荒れていた。

「もしや、身罷《みまか》られたか」

一抹の不安がよぎり、庵に歩み寄った。

誰にも気付かれず、庵の中で骸《むくろ》となられているのではないかと思い、縁側からそっと、障子を開けた。

するとどうだ、

「あぁん」

大口を開けて、若い娘に何かを食べさせてもらう道謙がいた。

娘が信平に気付き、ぎょっとしたが、

「うん。旨《うま》いのう」

道謙は言いながら、娘の尻に手を伸ばしている。

その光景に絶句して、信平が立ちすくんでいると、

「早う戸を閉めぬか。寒いではないか」

久々に弟子の顔を見たというのに、まるで、使いに出していた弟子を迎えるように言う。

娘は、尻をまさぐる道謙の手を慌てて払い、恥ずかしそうに背を向けた。

「黙って入るゆえ、おとみが驚いておるではないか」

「これは、ご無礼を」

驚いたのは、信平も同じであった。庵に人を入れていることなど、想像もしていなかったからだ。

おとみと呼ばれた娘は、二十を過ぎた頃の年頃か、身なりから察するに、百姓の娘であろう。

信平を恥ずかしがるおとみは、顔を隠して台所に駆け込んだ。

信平は縁側から庭に下り、改まって頭を下げた。

「庭の様子が変わっておりましたので、師匠の身を案じて、訪いも入れず戸を開けてしまいました」

道謙は、いぶかしむ。

「何をしにまいった。まさか、江戸から逃げ帰ったのか」

「いえ」

信平は、父の見舞いに上洛したことを告げた。

「江戸に戻りますので、ごあいさつに上がりました」

「手ぶらでか」

道謙は不服そうに言いながらも、

「ま、上がれ」

信平を誘った。

人里離れて暮らす道謙は、江戸にくだった信平がどのようになったのか、まるで興味がない様子だ。

そこのところは昔から変わっていないが、

「あれとは、近々夫婦になるつもりじゃ」

台所のおとみを顎で示して言う。

孫ほども歳《とし》の離れた娘を嫁にすると聞いて、信平は愕然とした。

すると道謙は、照れたような顔をして、指の先で頭をかいた。

「お前が江戸にくだってからは、刀を振るのが億劫《おっくう》になってしもうてな。毎日暇を持て余すうちに鍬《くわ》を振るのもいやになり、見てのとおり、畑は荒れ放題じゃ」

そのことと、若い娘を嫁にするのがなんの関わりがあるのかと思っていると、

「麓《ふもと》の農家に食い物を譲ってもらいに通ううちに、その、あれだ。男女の仲になったというわけじゃ」

嬉しそうに言い、夫婦になったあかつきには、山を下りるつもりだという。

道謙はともかく、おとみのためには里に下りたほうがいいだろうと、信平は思った。同時に、幸せそうな師匠の顔を見ることができて、こころが温まるようであった。

「では、お祝いとして、これをお納めください」

信平は、狩衣の懐から袱紗《ふくさ》を出し、道謙に差し出した。

剣一筋に生き、仙人のような暮らしをしていた道謙であるが、

「これは、何よりの好物じゃ」

袱紗を開き、小判十両を見るや、大喜びした。

昔から金に目がない道謙に恩返しをするつもりで、信平は、できる限りの金額を用意していたのである。

「江戸へは、いつ発つのだ」

「明後日です」

「うむ。ならば、今宵は泊まって行け。久々に、酒が飲みたい」

「はは」

「して、武士の暮らしはどうじゃ」

「つつがなく」

「太刀を見せろ」

信平が狐丸を渡すと、抜刀した道謙が、鋭い目で刀身を眺めた。これまで幾多の悪人を成敗した狐丸であるが、刃こぼれはない。だが、見る者が見れば、ただの飾り刀ではないことは、一目瞭然。

刀身を黙然と眺めた道謙は、

「なるほど」

とだけ言い、鞘に納めると、信平に返した。

それ以上は何も訊かず、台所に声をかける。

「おとみ、酒肴《しゅこう》の支度を頼む」

「あい」

声を弾ませたおとみが、忙しく立ち働いて酒肴の支度を終えて膳を運んでくると、道謙が優しい顔で労《ねぎら》い、

「これは、弟子がくれた祝い金じゃ。持っていなさい」

十両を、袱紗ごと渡した。

「まあ、こんなに」

おとみが驚き、信平に頭を下げた。

「師匠を、頼みます」

信平が言うと、

「はい」

おとみは、胸を張るように返事をして、明るい顔で笑った。

「おとみ、今宵は弟子を泊めるぞ」

「では、夕餉の支度をします。軍鶏《しゃも》のいいのがありますから、鍋にしましょうね」

「おお、それがよい」

「かたじけない」

信平が頭を下げると、おとみはいいえと言い、ふたたび台所に立った。

信平が銚子を持ち、注ぎ口を向けると、盃を持った道謙が酌《しゃく》を受けた。

盃の酒を干し、信平に返しながら、

「わしが授《さず》けた秘剣が、役に立っておるようだな」

さりげなく言い、酒をすすめる。

信平は押しいただき、盃を見つめて言う。

「使わなくてもよい世の中であれば、それに越したことはないのですが」

「人のこころに煩悩《ぼんのう》がある限り、無理じゃな」

「はい」

「鳳凰の舞は、煩悩によってはびこる悪を断ち切るために編み出された剣じゃ。人を悪から救うためのみに、使わねばならぬぞ」

「心得ております」

「ならばよい。さ、飲め」

「はは」

信平は盃に口を付け、流し込んだ。

「それはそうと、江戸のおなごはどうじゃ」

台所を気にして声を潜める道謙に、信平は困惑した。

「いやな、この歳になって、おなごというものの素晴らしさを知ってしもうたわしじゃ。ゆえに、おとみしか知らぬのでな、江戸のおなごはどうかと思うたまで」

「はて……」

「なんじゃ、おもしろうないのう」

道謙は、探るような目をして言う。

「おなごの一人や二人、遊んでおらぬのか」

「麿には、妻がおりますので」

言うと、目をまん丸にした道謙が、ぽとりと盃を落とした。

「妻じゃと」

「はい」

「娶《めと》ったのか」

信平がうなずくと、道謙が残念そうに言う。

「なぜ連れてこぬのじゃ」

「武家の妻が江戸から出るのは難しく、それ以上に困難な事情がございまして」

信平が、松姫のことと、未だ共に暮らしていない事情を打ち明けると、

「なるほど、千石か」

道謙は、納得した。

「御三家の姫君ともなれば、容易《たやす》く共には暮らせまい」

「されど、此度の上洛を機に、千四百石を賜ることができました」

「なんじゃ、それを早う申さぬか」

「はは」

「そうか、そうか。あの泣き虫小僧が、妻を娶ったか」

しみじみと言う姿を見て、信平は、師匠の弱い部分を見た気がした。道謙はまことに剣を置き、おとみと余生を過ごそうとしているのだ。

「しかし、御三家の姫か、さぞ美しいのであろうな」

訊かれて、信平は照れた。

「おとみ殿も、お美しいではございませぬか」

「そう思うか」

「はい」

「そうであろう、そうであろう」

道謙は、上機嫌でうなずいた。

西日が当たる障子に人影が差したのは、その時である。

「あの、もし」

心細げな女の声がして、道謙と信平は、顔を見合わせた。

二

おとみが障子を開けると、西日を背にして、人が立っている。逆光で顔がよく見えぬが、おとみに語る声は、若い女のようだった。

おとみが振り向いて道謙に言う。

「先生、道に迷われたそうです」

「聞こえておる」

道謙の人嫌いは相変わらずで、不機嫌だ。

「足を怪我されていますから、休んでもらってもいいですね、先生」

歳が孫ほども離れているおとみに言われて、道謙は無愛想ながらも、

「仕方があるまい」

座敷に上げることを許した。

「さ、こちらへどうぞ」

おとみが、信平たちがいる居間へ上げると、ほのかな花の香りがしてきた。

女の顔を見た道謙が、息を呑むのが分かった。小粋な縞《しま》の小袖を着た女が、申しわ

けなさそうな顔をして少し頭を下げ、部屋の角に座す。

痛めている足首をかばいながら足を右に崩し、左手を支えにして身体を斜めにしている。

着物の裾がはだけ、桃色の襦袢《じゅばん》がちらりと見えている姿が色っぽく、道謙が、ごくりと喉を鳴らした。

おとみが水を入れた桶《おけ》を運んできて、足首を冷やしてやった。

「腫れてはいないようだから、こうしていると、少しは楽になると思いますよ」

「すみません」

女は、自分でやると言い、濡れた布を押さえた。

「山菜でもお採りに来なさったの」

おとみが道に迷ったわけを訊くと、女は首を横に振った。

「このあたりに、古い祠があると聞いてまいりましたが、見つけられなくて。探しているうちに、木の根に足を取られて痛めてしまいました」

「ほう。あの祠を知る者が、まだおったとはの」

道謙が言うと、女が頼る面持ちをする。

「ご存じですか」

「うむ。裏の杉林を抜けたところにある。あの祠には、どのようなご利益があるのかの」

「願いがなんでも叶《かな》うという噂を聞き、祈念したくてまいりました」

「そのようなご利益があるのか。ではおとみ、百まで生きられるよう願《ねご》うてみるか」

「それはいいですね。お供えもしないと」

「そうじゃな。ところでお前さん、名はなんと言う」

「摂《せつ》と申します」

「摂殿、山のどこを通ってきたのだ」

「道なき道を」

摂と名乗った女が指し示した方角は、祠とは反対側だった。

道があるにはあるが、修験者《しゅげんしゃ》が使うほどの、険しい山道である。

「よろしければ、一晩の宿をお願いできませぬか」

女に言われて、道謙が鼻の頭を指でかいた。

「この足で今から山を下りるのは無理ですよ、先生」

おとみに言われて、

「うむ。仕方がない、泊まって行きなさい」

信平には、道謙の声が嬉しそうに聞こえた。

「それじゃ、あたしと奥の部屋に寝ましょう」

おとみが言うと、

「それはいかん」

道謙が止めた。

「どうしていけないのですか、先生」

おとみが首をかしげると、道謙が女に言う。

「この歳で敷物《しきもの》がないのは辛《つろ》うてな。この居間でよければ、泊めてやるぞ」

女は、安堵して頭を下げた。

「ありがとうございます」

「あたしと二人で、ここで寝ましょうね」

「それはいかぬ。おとみはわしと、奥で寝るのじゃ」

「ええ？」

おとみは驚き、信平に顔を向けた。

「弟子なら心配ない。夜中に襲うたりはせぬ」

「それは分かっていますけど……」

おとみは、女を気遣った。

「わたくしなら、大丈夫です」

女は、信平に微笑み、頭を下げた。

「それにしても、あの祠にのう」

道謙が言い、不思議そうな顔で女を見た。女は足首を押さえ、顔をうつむけている。

その目を盗んで、信平を見た道謙が、目顔で外に出ろと言う。

先に立つ道謙の後を追って裏庭に出ると、厳しい顔を向けてきた。

「信平、どう思う」

「と、申されますと」

「あの女の肌の色の白さは、尋常ではない」

「え」

「しかも、美人じゃ」

真面目に聞くのが馬鹿らしくなっていると、道謙は疑う顔で言う。

「信平、ひょっとするとあの女、狐やもしれぬな」

信平はそう言われて、浅草の田圃《たんぼ》で見た白狐《びゃっこ》のことを思い出した。

「狐のちょうちん」と噂された、男を惑わす女の、あの事件のことである。

道謙が笑った。

「ま、それは戯言《ざれごと》として、どうやらあの女、わけありのようじゃな」

信平が黙っていると、道謙は笑みを消して睨んできた。

「未熟者め、まだ気付かぬか」

「いえ、気付いております」

杉林の奥に、得体の知れぬ気配がある。人に違いなかろうが、それは一瞬のことで、すうっと消えた。

「去ったか」

道謙が言い、厳しい目を向けた。

「あの女を狙《ねろ》うた者かもしれぬ。油断するでないぞ」

「はは」

信平はあたりを探りながら、道謙と共に庵の中に入った。

道謙が、誰かに追われているのかと訊くと、女は身に覚えがないと言う。続いて、祠に何を祈念しに来たのか訊くと、下を向いて黙り込んでしまった。

「先生、失礼ですよ。人に言えないことを神様にお願いすることだってあるのですから」

おとみがかばうと、道謙が苦笑いした。

「いやすまぬ。許せ、許せ。信平、飲みなおしじゃ」

道謙は話題を変えるように、信平に酒をすすめた。

皆が夕餉をすませた頃、道謙は程よく酔いが回ったらしく、あくびをした。

「心地よい、心地よい。普段なら、とうに寝ておる頃じゃ」

眠気に耐えられぬと道謙は言い、奥の部屋に這い込み、布団に突っ伏すようにして眠ってしまった。

女は、囲炉裏を挟んで信平の前に座っているが、両腕を胸の前で交差させて、腕をさすっている。

「寒い？」

おとみが訊くと、女がうなずいた。

「少し……」

「布団を敷きましょうね」

おとみが奥から持ってきた敷布団は、かつて、信平が使っていたものだ。

懐かしく思いながら見ていると、

「いつか弟子が来るだろうからと言われて、取っておいたんですよ」

おとみが教えてくれた。

再会した時は素っ気ない様子の道謙だったが、いつ来るとも分からぬ信平のことを、待っていたのだと思う。

普段は飲まない酒を飲み、酔い潰れたのも、嬉しさのあまりだと、おとみが言った。

信平の布団がないのを気にするおとみに、

「火があればよい」

そう言うと、女は信平に頭を下げ、背を向けて横になった。

おとみも眠ると言って、奥の部屋に入り、

「先生、布団をかけないと風邪ひきますよ」

声をかけて仰向けにさせ、居間におやすみの声をかけて襖を閉めた。

薪をくべて火を強くした信平は、女に背を向けて横になったが、夕暮れに感じた気配のことが気になり、すぐには眠れなかった。

だが、師匠である道謙の庵にいるせいか、こころに不安はなく、そのせいで、すぐに忘れていた。信平が寝ながら考えているのは、松姫のことである。

江戸に帰れば、将軍から領地についての沙汰がある。そうなれば、松姫を迎えに行けると思えば、こころが弾んだ。

燃える薪が時折はじける音を発し、火に照らされた自分の影が障子の中で揺れている。

信平は、揺れる影を見ているうちに、いつの間にか、深い眠りについていた。

どれほどの時が過ぎただろうか、信平はふと、足に人の手が触れているのに気付き目を開けた。

身体は仰向けになっていて、天井が、小さな火に照らされている。

起きようとしたが、信平の身体は、ぴくりとも動かなかった。足に人の手が触れていたはずだが、今は、何も感じられない。

目だけを下に向けた信平は、はっと見開いた。

「ま、松姫」

そう言ったが、声が出なかった。

信平の足に覆いかぶさっている松姫が、信平を見て微笑み、徐々に、顔を近づけてくる。その身体は一糸《いっし》も纏《まと》っておらず、膨《ふく》よかな乳房が、信平の身体に触れていた。

「これは、夢じゃ」

信平は目をきつく閉じて、動かぬ首を振った。

狐――

ふと頭をよぎり、恐る恐る目を開けると、松姫が見たこともない妖艶な目つきをして、信平と唇を重ねた。

ぬめりとした舌を滑り込ませ、絡ませてくる。やがて、舌が痺《しび》れるような感触となり、何も感じなくなった。

呆然とする意識の中で、目の前にある松姫の目が、妖しく光ったように見えた。信平は、やはり松姫が来たのだと喜び、目を閉じたのである。

この時、隣の部屋では、居間の異様な気配に気付いた道謙がむくりと起き上がり、枕元の愛刀、埋忠明寿《うめただみょうじゅ》をつかんで襖を開けた。

信平の身体の上に被さっていた女が、道謙に妖艶な笑みを浮かべる。

「おのれ、女狐め」

抜刀すると、女は身軽に飛びすさり、障子を破って表に逃げた。

後を追って道謙が駆け出たが、すでに気配はなく、深い闇が広がるばかりだった。

すぐに駆け戻った道謙は、信平の異変に気付き、息を呑んだ。

半身を起こした信平が、うつろな目をして、道謙を見ている。

「おい、どうした信平」

声をかけても、一点を見つめたまま反応がない。

「しっかりせい！」

頬をたたくと、急に鋭い目つきをした信平が、道謙を突き離した。その刹那《せつな》、身を転じて立ち上がり、抜刀した狐丸で斬りかかった。

咄嗟《とっさ》に埋忠明寿の太刀で刃を受け流した道謙は、切っ先を向けて回り込み、常軌を逸した振る舞いをする信平が、おとみがいる奥の部屋に行かぬようにした。

「目をさませ、未熟者め」

道謙が言うと、信平が薄笑いを浮かべ、誘うように外へ出た。

道謙が応じて駆け出ると、信平は両手を広げた。秘剣、鳳凰の舞の構えである。

身体を横に回転させて襲いかかった信平の刃を受け流した道謙は、転瞬《てんしゅん》の間《ま》に信平の背を峰打ちした。

「うっ」

短い呻き声を発した信平は、狐丸を落として突っ伏し、気絶した。

長い息を吐いた道謙は、太刀を鞘に納めて信平の身を起こすと、肩に担いで庵の中に入り、外の闇を一睨みすると、雨戸を閉《た》てた。

暗闇に女の笑い声が響き、やがて、気配が消え去った。

三

山の鳥がさえずりはじめたが、信平はまだ、気を失っていた。

傍らで酒を飲んでいた道謙は、外が明るくなるのを待って文をしたためた。

「おとみ、これをな、加茂《かも》のじじいに届けよ」

「加茂の爺《じい》様と言えば、あの、いんちき陰陽師《おんみようじ》の」

「はは、いんちきか」

「そうですよう。村のみんなが、どれほど騙されたか」

「まあ、よいから呼んでまいれ」

「はぁい」

おとみは、なんであんな人を頼るのかと首をかしげながらも、文を手に山をくだった。

高野川沿いの道を急いで町に出たおとみに手を引かれて、加茂のじじいと呼ばれた老翁がやってきたのは、夕暮れ時だ。

京から長い道のりを歩かされた老翁は、疲れ果てた様子で縁側にもたれかかり、大きな息をしている。

「おお、急に呼び出してすまぬ」

道謙が飄々《ひょうひょう》と言うと、老翁は、顔に垂らしていた長い髪を指で分け、含んだような笑みを見せた。

薄汚れ、ほつれも目立つ衣冠《いかん》姿のこの老翁は、名を加茂光行《みつゆき》といい、本人いわく、

「昔のそのまた昔、安倍晴明《あべのせいめい》と肩を並べた賀茂光栄《みつよし》こそ、我が祖先じゃ」

らしいのだが、村の家におしかけては勝手に占術《せんじゅつ》などをおこない、米や菜のものを要求するので、村人は困っていた。

「そもそも賀の字が違うのだし、ちっとも当たらぬ」

村人は、いんちき陰陽師と陰口をたたき、姿を見るとあからさまにいやな顔をして相手にする者がいない。

それでも陰陽師として生きているのは、藁《わら》にもすがる思いで、このじじいを頼る者がいるからだ。そして、なぜだか、そういう者に限って、加茂光行が申すことが的中するという。

窮地を救われ、命を救われた者もいるらしいのだが、加茂が口止めをするらしく、

助けられた者は何も語らぬので、よい噂が広まらぬのだ。

道謙もまた、助けられた者の一人であった。若い頃の話である。

剣術修行の旅をしていた道謙は、久々に京の都に立ち寄った時、さる外様《とざま》大名が剣術指南役を雇うために人を集め、試合を開くという噂を聞きつけた。

道謙は仕官を望んでいたわけではないが、

「腕試しに丁度よい」

軽く考え、募集に応じた。

試合の当日、勇んで六波羅《ろくはら》の大名屋敷へ向かっていた道謙の前に現れたのが、加茂光行だった。

「橋を渡れば、死ぬ」

鴨川に架かる橋を渡ろうとしていた時、袂に座っていた加茂がそう言った。

足を止めた道謙は、剣術に自信を持っていたこともあり、

「何を申すか」

負けるわけがなかろうと鼻で笑い、粗末な身なりの若者に銭を恵んでやると、背を返して橋に向かった。

その時、突然雷鳴が轟《とどろ》き、目の前が真っ白になった。両手で目をかばいながら尻餅

をついた道謙が、人々の悲鳴に、何ごとかと立ち上がって見ると、橋の真ん中に煙が上がり、人が倒れていた。

それを見て、道謙はぎょっとした。

倒れていたのは、道謙のすぐ前を歩いていた浪人風の男だったからだ。槍《やり》を持っていたせいで雷に打たれたのだろう。黒こげになっている浪人の他にも、近くにいたせいか、何人か倒れていた。

加茂は誰ともなく、橋を渡ろうとした者に声をかけたのだが、応じたのは、道謙だけだったのである。そのおかげで、命拾いしたのだ。

さて、道謙の庵に呼ばれた加茂光行は、

「まずは、酒を一杯」

信平を見る前に、茶碗酒《ちゃわんざけ》を水代わりに飲み干した。

大きな息を吐いて、

「久々の山道は、くたびれるわい」

道謙に言いつつ、眠ったままの信平に顔を向けた。

「見てほしいのは、この者か」

「さよう。狐に取り憑《つ》かれたやもしれぬ」

妖しい女のことを教えると、

「ふぅむ。そのようなおなごがのう」

信平の顔をじっと見下ろし、人差し指と中指を揃えて、信平の額に当てた。唇を動かし、聞こえぬ声で呪《じゅ》を唱えつつ、額に呪文字を書いている。

息を吹きかけながら、揃えた指を額から足先まで上下させると、何か分かったのか、考え込むように、呻き声をあげた。

「これは、もののけの仕業ではない。呪詛《じゅそ》じゃな」

「あの女が、呪いをかけたと申すか」

「この顔立ちじゃ。女を泣かせておるのではないか」

「見えたか」

「うむ？」

「泣く女じゃ。見えたのか」

「不思議と見えぬ」

「ほら、いい加減なことを」

これまで黙っていたおとみが、呆れたように口を挟んだ。

「わはは、いい加減か。わしが好きな言葉じゃ」

喜ぶ加茂に、おとみが嘆息を吐いている。

道謙はおとみに、穏やかに言う。

「これおとみ、邪魔をするな」

「だって……」

「よいから、黙って見ておれ」

「はぁい」

悪い返事をしたおとみは、夕餉の支度をすると言って立ち上がると、加茂に言う。

「ちゃんと治してくださいよ」

「これ」

道謙が尻をちょんとつつくと、おとみは笑って台所に行った。

二人の様子にきょとんとしていた加茂が、珍しい生き物でも見るような目を道謙に向けて言う。

「おぬし、まさかあの娘を……」

「そのことはよい。それより、呪詛はまだかかったままか」

加茂は道謙を二度見して、信平に目を向けて渋い顔をする。

「かかっておる。しっかりとな」

「わしの命を助けたおぬしじゃ。先が見えておるのだろう」

するると、加茂はより険しい面持ちをした。

「この者に恨みをもつ何者かが、身体を操り、自ら身を滅ぼすよう仕向けるであろう」

「では、今すぐ呪詛を解いてくれ」

「それはせぬほうがよい」

「何ゆえじゃ」

「恨みを抱く者の正体を暴かねば、また、手を変えて災いを仕向けるであろう。呪詛をかけたおなごはふたたび現れるはずじゃから、ここで待っておればよい」

「捕らえて、問えと申すのだな」

「うむ」

「よし、分かった」

意を決する道謙の様子を、加茂がじっと見ている。薄汚れた顔をほころばせ、唇に笑みを浮かべているのを見て、道謙がいぶかしげな顔をした。

「なんじゃ」

「この者は、あの時の小僧か」

「今頃気付いたのか」

「なるほど、あの小僧がのう」

加茂は感心したように信平を見て、意味ありげな顔を道謙に向けた。

加茂が信平と会うのは、これが二度目である。一度目は、信平が弟子になってすぐのことであった。

庵の前で修行をする信平を見た加茂が、

「あの者を、しっかり鍛え、育てることじゃ。さすれば、おぬしの長命は間違いなし」

決めつけたように告げたものだが、
そのとおりになった――

加茂は、信平を弟子に取る前の道謙の顔に、死相を見出《みいだ》していた。歳を取り、一人暮らしの寂しさが、道謙の生きる気力を奪いつつあったのだ。

次に会う時は、骸となっておろう――

そう思いつつ、山をくだった加茂であったが、幼い信平を弟子にして活《い》き活きとする道謙を見て、顔から死相が消えているのに気付いたのである。

今や七十の齢になり、孫のような娘を嫁にもらおうというのだから、道謙の生命力は、加茂も舌を巻くほどである。

「わしの弟子を、なんと見る」

道謙が、信平の寝顔を見ながら将来を訊いた。

同じように信平を見つめる加茂が、目を閉じてしばらく考えたのちに顔を上げると、

「女難の相が出ておる。まずは呪詛を解かねば、この者の将来《さき》はない」

こう告げて、腹の虫を鳴らして笑みを浮かべた。

「夕餉といたそう。今夜は泊まってゆけ」

「おう。それはありがたや、ありがたや」

道謙と共に、おとみがこしらえた夕餉を腹いっぱい食べた加茂は、信平に何もすることはないと言い、早々と床についた。

そして翌朝、

「礼は、おとみ殿のむすびでよい」

加茂は笑って言い、六つももらって山を下りていった。

表で見送ったおとみが、

「大丈夫ですかね」

横に並ぶ道謙に心配そうに言う。

「うむ？」

「だって、いんちき陰陽師の言うことですもの、信じられなくて。お狐様の祟《たた》りだったら、どうします」

「あ奴の申すことは、まんざら嘘《うそ》でもないのじゃ」

「どうして分かるんですか」

「ほれ、わしが、こうしておるからよ」

尻に手を伸ばしてさすったものだから、

「あれ、ほんとうだ」

などとおとみが言い、真面目な顔で信平の将来のことを案じた。

この日も一日、信平は目をさまさなかった。

昔使っていた布団の中で、身動きひとつせず、静かな寝息を立てている。

今日は江戸に向けて旅立つことになっているはずだが、

「ま、こうなっては仕方ない」

道謙はそう言い、そして、女はふたたびやってくるという加茂の言葉を信じて、油断せず過ごした。

夕餉をすませて程なく、

「さ、腰をさすっておくれ」

道謙はおとみを誘って、早々に寝床に入った。


その頃、所司代屋敷では、信平が戻らぬことで騒ぎになっていた。

「江島殿、信平殿はどこへまいられたのだ」

所司代の用人に訊かれて、行き先を聞いておらぬ佐吉は返答に困った。

復路は、大坂から幕府の船に乗る手筈《てはず》になっているため、遅くとも明日の日暮れまでには京を発たねば刻限に間に合わない。

用人は言う。

「大坂見物をやめてまで、信平殿はどこに入り込んでおられる」

「もしや殿は、船がお嫌いなのでござろうか」

佐吉は苦し紛れにそう言ったが、ただでさえ不機嫌な様子の用人を、余計に苛立たせるだけだった。

「とにかく、心当たりを捜してまいられよ」

「殿が行かれそうな所でござるか。はて……」

「まさか、知らんのか」

それでも家来かと用人は呆れたが、

「江戸ならば見当がつくのだが、都は不慣れでしてなぁ」

佐吉は呑気に言う。それだけ信平のことを信頼し、剣の達人ゆえ、危ない目に遭っていることなど、思いもしなかったのだ。

佐吉の態度に苛立った用人は、案内人を付けるので、なんとしても捜してこいと言い、その場を立ち去った。

「誰かおらぬか」

廊下で声をあげて部下を呼び、探索の手勢を集めたのである。

こうして、所司代の手勢と共に屋敷を出た佐吉は、信平を捜して、夜の京を駆け回った。


夜も更けた丑三《うしみ》つ時《どき》。

道謙は、笛の音に目をさました。

美しくも妖しげな音色に、

「気味が悪い」

怯《おび》えたおとみが、道謙に抱きついてきた。起きているのかと思いきや、抱きついた

ままで、寝息を立てていた。

女が現れたと察した道謙が、おとみの手足を解き、床から滑り出た。

可愛《かわい》い弟子を守るべく、愛刀の埋忠明寿を手に信平が眠る居間の襖を開けた途端、

道謙は目を細めた。

僅かな月明かりの中で、信平が半身を起こしていたからだ。

「おう、目がさめたか」

声をかけたが、信平は振り向きもしない。やおら、狐丸をにぎって立ち上がると、

笛に導かれるように、外へ出た。

女に呼ばれているのだと気付いた道謙が、追って外へ出た。

「信平、惑わされてはならぬ。と申しても、聞かぬか」

ええい、と嘆息を吐いた道謙が、埋忠明寿の太刀を引き抜いて峰に返し、信平の背

を打たんと振り下ろした。

だが、既《すんで》のところで背を返した信平が、狐丸を抜刀して払い上げるや、

「邪魔をするでない」

鬼気迫る目つきとなり、斬りかかった。

くるりと身を転じて紙一重でかわした道謙が背中を打とうとしたが、信平は狐丸で受け流し、飛びすさった。と見るや、切っ先を向けて迫る。

道謙がその切っ先を払い上げんとした時、信平が地を蹴って飛び上がった。

「むう」

道謙が素早く太刀を転じて斬り上げたが、信平は宙を舞って道謙の背後に下り立つと、そのまま闇の中に走り去った。

程なくして、笛の音が止《や》んだ。すると、杉林の中から、あざ笑う女の声がしてきた。

「やれやれ、困った奴じゃわい」

道謙は、ため息まじりに言い、

「そろそろ、出てきたらどうじゃ」

闇に声をかけた。

すると、庵の軒先から染み出るように、人影が現れた。加茂光行だ。

「なんじゃ、知っておったか」

「おぬし、山を下りたのではなかったのか」

「そう思うたのだが、どのような者が現れるか、気になってな。むすびももろうたから、山の精霊《もの》と戯れておったのじゃ」

道謙は、飄々と言う加茂を鼻で笑い、信平が去った闇を見つめた。

「わしとしたことが、しくじったわい」

「そのようじゃな」

「どこへ行ったか、見えぬか」

「わしは、夜目が利かぬ」

「そうではのうて、術で見えぬのかと申しておるのじゃ」

「慌てるな。手はある」

「どのような手じゃ」

「ちと、その鞘を貸せ」

道謙が鞘を渡すと、加茂が右腕を真横に広げ、呪を唱えた。

程なく、音もなく夜空を舞った影が、加茂が持つ鞘に止まった。

「仙人よ、よう来た。一仕事頼むぞ」

加茂が仙人と呼んだ影の正体は、梟《ふくろう》である。

白い羽を閉じた梟は、闇の中で目を輝かせて、加茂の顔をじっと見ている。

「この庵から出ていった若者の行き先を、探ってまいれ」

加茂が命じて鞘を振ると、梟ははばたく音もなく闇の空へ飛び去った。

道謙は、化け物でも見るような目を加茂に向けている。

「梟が、言うことを聞くのか」

「あれは、賢いからのう」

「これも、陰陽師の術か」

「ま、見ておれ。今宵は冷える。酒でも飲みながら待とうではないか」

そそくさと庵に入る加茂の背中から目を離した道謙は、信平のことを案じて、夜空を見上げた。

四

明かりひとつない暗闇の中、女はちょうちんも持たず、信平の手を引いて山道をくだった。麓の白川《しらかわ》村に入った所で、女はふと、気配に気付く。

「ふん、生意気な」

闇を見上げるや、袖から繰り出した手裏剣《しゅりけん》を投げた。

赤い唇に笑みを浮かべて見上げていると、白い羽がひらひらと舞い落ちてきた。これをつかんだ女はふたたび見上げ、気配が消えたのを察すると、信平の手を引いた。

信平は、魂を抜き取られたかのごとく、一点を見つめたまま歩んでいる。

二人が入ったのは、村の外れにある空き家だ。

空き家と言っても朽ちた家ではなく、竹の塀に囲われた、こぢんまりとした数寄屋《すきや》造の、寮風の屋敷である。

女は先に行灯《あんどん》を灯《とも》し、上がり框《かまち》に信平を座らせて足を洗ってやると、目の前に差し出した指を振った。

目を動かした信平は、屋敷の中を見回した。

「松姫、ここはどこじゃ」

「まずはお上がりください」

信平は言われるまま、座敷へ上がった。

「お刀を」

帯から抜いた狐丸を渡す。

術を掛けられている信平には、女が松姫に見えている。ゆえに、素直に応じているのだ。

女は微笑み、狐丸を刀掛けに置く。

信平がふたたび訊いた。

「ここはどこじゃ」

「わたくしたちの、新しき住処にございます」

女の言葉は、信平のこころに響いた。

夢の中に囚《とら》われている信平は、松姫が吹上の屋敷を抜け出し、京まで追ってきたのだと思い、手をにぎった。

「松姫、麿は、官位と千四百石を賜った。鷹司家に戻されることはないのだ。共に、江戸へ帰ろう」

信平の言う意味が分からぬ女は戸惑ったが、

「わたくしはこのまま、ここで信平様と暮らしとうございます」

甘えた声で言い、信平の胸に顔を寄せた。

「松姫……」

そっと抱き寄せる信平の優しさに、女は笑みを浮かべる。

「信平様」

信平の顔を見つめた女は、赤い唇を重ねた。

すると、信平の目がうつろとなり、身体の力が抜けてゆく。

ぐったりとした信平の身体を受け止め、板の間に横たえると、女はそのまま腕枕をしてやり、

「美しいお顔」

深い眠りに落ちた信平の唇を、指でそっと拭う。

「わたくしと、ずっとここで暮らすのですよ」

耳元でささやき、ふたたび唇を重ねようとした時、戸が開くのを察した女は離れた。

入ってきたのは、三人の男だ。

皆、狩衣を着た公家衆であるが、目つきが鋭く、口角が下がり、品のない顔つきをしている。

床に眠る信平を見下ろした男が、傍らに座る女に目を向けて、ほくそ笑んだ。

「霞《かすみ》、お前の術をもってすれば、信平など赤子《あかご》同然であるな。わたしに遠慮はいらぬぞ、ほしければ、我がものとせよ」

霞と呼ばれた女が黙っていると、

「どうした。ほしくないのか」

意地悪げに言い、霞を見下ろしている。

「……はい」

「そうか、いらぬのか」

男は、土足で信平の顔を踏みつけた。

「こ奴めが左近衛少将とは、片腹痛し。わたしのほうが、よほど優れておるというのに」

歯を食いしばるように、憎しみを込めて言うと、信平の頬を踏みにじった。

この男の名を、久我道定《こがのみちさだ》という。

そばにいる竹原実久《たけはらのさねひさ》と、小宮季晴《こみやのすえはる》と共に、幼少の頃、信平をいじめ抜いた者だ。

道謙が信平と出会った時に、年下の信平に殴る蹴るの仕打ちをしていたのは、この三人であった。

三人にとって、下僕以下の存在であった信平の出世は、我慢できぬことであった。数段も格上になった信平にくらべ、己たちはどうだ。公家の子息として生まれながら、二男《じなん》三男であるため冷遇され、朽ち果てたような屋敷に押し込められている。

信平の噂を聞けば聞くほど、

「狐の子のくせに、許せぬ」

妬みの念が増し、特に久我は、恨むようになっていたのである。

そんな時、信平が上洛し、鷹司の屋敷を訪れたことを知らされた久我は、竹原、小宮の両名を呼び、陰謀を企てた。己の女である霞が妖しげな術を使うことを利用して、信平を陥《おとしい》れようとしているのだ。

「手筈どおり、ことを運ぶぞ」

刀掛けの宝刀狐丸を奪い取った道定は、冷酷な目を霞に向けた。

「信平をこの屋敷へとめおけ。決して、術を破られてはならぬ。よいな」

「はい」

この時、信平が呻き声をあげた。

誰とも分からぬ男の声が耳鳴りとなり、信平を苦しめる。

霞がそばに寄り添い、耳元で呪を唱えた。

信平は、深い闇の底に突き落とされるように、幻想の中に閉じ込められてゆく。

うつろな目を開けて霞を見ると、

「松姫、江戸に、帰ろうぞ」

手をにぎりながら、うわ言のように言った。己を陥れんとする久我たちのことが、まるで目に入っていない。

霞が手をにぎり、血がにじむ信平の頬に布を当てた。

信平は、うつろな目で霞を見ていたが、ふたたび眠りに落ちた。

「ふ、ふふふ、おもしろい。実に、いい気味じゃ」

久我が嬉々《きき》とした目をして言い、竹原と小宮に目配せすると、別室に連れて行った。

久我は狐丸を抜刀し、見事な刀身を満足げに眺めながら、二人に告げる。

「信平に一仕事をさせた後は、太刀で首を刎《は》ねてくれる。その後に江戸にくだり、この太刀で松姫をおびき出し、わたしの女《もの》としてやろう」

竹原が目を丸くした。

「紀州大納言の娘を、いただくのか」

「絶世の美女と聞く」

久我の言葉に、竹原と小宮が顔を見合わせて、舌なめずりをするように言う。

「それは、楽しみであるな」

「まこと、楽しみじゃ」

五

道謙と加茂は、放った梟が帰るのを待つあいだ、居間で酒を飲んでいたのだが、とうとう空が白みはじめた。

起きて朝餉《あさげ》の支度にかかったおとみが、囲炉裏の種火を掘り起こした時、

「待てい！」

加茂が大声をあげ、おとみの帯をつかんで引き離した。

思い切り尻餅をついたおとみが悲鳴をあげると、道謙が怒った。

「何をする、このくそじじい」

加茂はまったく無視をして、火を眺めている。

「これを見よ」

火箸《ひばし》でつつくと青白い炎が上がり、なんともいえぬ、甘い香りがしてきた。

「煙を吸うてはならぬぞ」

加茂が、袖で鼻を覆って言う。

道謙はおとみを外に連れ出し、縁側から加茂に訊く。

「それは、なんじゃ」

「戦国の世に滅びたと聞くが」

加茂が、難しい顔で独りごちている。

「だから、なんなのじゃ」

「これか、これはな、毒茸《どくたけ》の粉を燃《も》したのだ」

「毒茸じゃと？」

「さよう。これを吸うただけではさして変化は起きぬが、佐間《さま》一族の者が使えば、こころを支配される」

「なんと」

道謙は目を見張った。

「では……」

「うむ。間違いあるまい。信平殿は、佐間一族の者によって、こころを操られておる」

「何者なのだ、その、佐間一族というのは」

「かつて、羽柴筑前守秀吉《はしばちくぜんのかみひでよし》に使われていた山の衆だ」

加茂が、豊臣《とよとみ》秀吉ではなく羽柴の姓を言ったのは、佐間一族が、ある事件をきっかけに、この世から姿を消したからである。

「羽柴秀吉は、佐間一族が使う術に目をつけ、人のこころを操っていた。日《ひ》ノ本《もと》の歴史を大きく変えた本能寺の変は、秀吉が仕掛けた陰謀だという説があるのは、おぬしも知っておろう」

「まさか、佐間一族とやらが、明智《あけち》光秀《みつひで》を操ったと申すか」

「信平殿を見れば、納得もゆくというものじゃ」

加茂に言われて、道謙は険しい顔をした。

「口を封じるために、秀吉によって一族はことごとく殺されたと聞いていたが、血を絶やすことは叶わなかったのじゃな。公家に庇護《ひご》されておるとも聞いたことがあったが、まことであったか」

遠い昔を思い出すように、加茂が目を細めた。

「なんとも、にわかには信じられぬ話じゃが、過ぎたことよりも、今は弟子のことが気がかりじゃ。仙人は、遅いの」

道謙がそう言って空を見上げた時、さっと、鼻先を掠《かす》めるように、影が横切った。

「おう、仙人が戻ったようじゃ」

加茂が言うと、障子に何かが当たる音がして、梟が縁側に落下した。

よく見ると、左の羽に傷を負っているらしく、広げたまま閉じようとしない。

加茂が言う。

「ほう、仙人の尾行に気付いたか。やはりあの女、ただ者ではないようじゃ」

道謙が問う。

「弟子の行き先は分かるか」

「やってみよう」

加茂が、梟を左腕に止まらせ、右手の人差し指と中指をつけて立て、梟の顔の前で呪文字を書き、呪を唱えた。

「なるほどのう」

「分かったか」

「さっぱり分からぬ」

道謙とおとみが呆れていると、

「羽を怪我しておらねば、案内してくれるのじゃが」

加茂が言い、梟の羽の傷を見ている。血は出ていないが、すぐ飛ばすのは無理だと言う。

道謙は肩を落とした。

「仕方ない、麓まで捜しに行くとしよう。おとみ、麓まで共に下りて、弟子を助け出すまで、里に戻っていなさい」

「おとっつぁんに頼んで、村のみんなに捜してもらいましょうよ」

「おお、それはよい考えじゃ」

「そうと決まったらすぐ支度するから、中に入っておくれ。何か食べないと、力が出ないから」

おとみは二人を押して庵に入らせ、手早く朝餉の支度をはじめた。


その頃、一晩中、京を駆けずり回った佐吉は、へとへとになりながら所司代の屋敷に戻ってきた。

門番に信平が帰ってきたかと訊いて首を横に振られ、がっくりとうな垂れた。

「殿、いずこへ行かれたのじゃ」

右も左も分からぬ京で、佐吉は途方に暮れていた。

そこへ、信平を捜していた所司代の家来が戻り、

「江島殿、手がかりを得ましたぞ」

声をかけながら近づいてくる。

鷹司家の者に心当たりを訊いたところ、叡山ではないかということだった。信平の師匠が住んでいると聞き、佐吉は、家来に案内を頼んだ。

叡山と一口で言っても広い。

山の木々に囲まれた道謙の庵を探し当てるのは容易なことではないが、佐吉は迷わず信平を捜しに向かった。

飄々としている信平であるが、船の刻限を守らぬような人物ではないことを、佐吉は知っている。それゆえ、何かよからぬことが起きているような気がしてならぬのだ。

麓の白川村に囚われていることなど知る由もない佐吉は、村の近くの道を通り過ぎて、山道に入った。

所司代の家来たちと共に山道をのぼって行く佐吉と、信平を捜しに山をくだる道謙たちがすれ違ったのは、半刻（約一時間）後である。

編笠を被り、羽織袴を着けた家来衆と、頭ひとつ突き出た大男が、黙々と山道をのぼってゆく。足を止めてほとりに寄り、道を譲った道謙の目には、その者たちが信平を捜す者には見えなかった。

どこぞの寺にでも行くのだろうと思い、おとみと加茂と共に、山をくだったのである。

また佐吉も、小さな身体の老翁が信平の師であるとは考えもせず、先を急いだのだ。

こうして、道謙と佐吉がすれ違った頃、信平は、霞と二人きりになっていた。

霞は、久我から命じられたことを実行しようとしている。

眠らせている信平のそばに火鉢を置き、炭の火で、先祖伝来の秘薬を焼《く》べているのだ。

久我たちは、この煙を嫌い、六波羅の住処へ引き上げている。

「信平のこころを操り、兄を殺させよ」

久我は、霞にこう命じていた。

「兄広道《ひろみち》が死ねば、久我家の家督は我が手中に入る。そして、兄の仇《かたき》である信平の首を、我が手で刎ね飛ばす。これほどに、楽しきことがあろうか」

久我はしたり顔で言い、仲間と共に、六波羅に帰ったのだ。

霞は、久我の命に従い、支度を整えた。後は、耳元で呪を唱え、命じるだけ。

そうすれば、木偶《でく》のように、霞の思いのままに動く。

煙を十分に吸わせたところで、霞は信平の横に添い寝して、顔を眺めた。そっと手を伸ばし、頬を触ると、指を滑らせて、唇に触れた。

信平は、薄目を開けた。

霞ははっとしたが、夢の中にいるらしく、天井を見上げている。

その美しさに魅せられた霞は、

「わたくしが、楽しませてあげましょう」

信平の身体を我がものにせんと、着物の帯を解いた。

一糸纏わぬ身体で信平の上になり、指貫を脱がそうとしたが、手を止められて、はっとなった。

「夫婦として暮らすまでは契りを交わさぬと、約束したではないか。さあ姫、江戸に帰ろう」

夢うつつに言う信平の、松姫を想う優しさに触れて、霞は、己がしていることが虚《むな》しくなった。

久我は、佐間一族の秘術と、霞の身体がほしいだけ。目的を達すれば、他の女にしてきたように、躊躇いなく捨てるのではないか。

この時霞は、自分が、信平にこころ魅《ひ》かれていることに気付き、うろたえた。

気付いてしまえば、どうしようもなく愛《いと》おしくなり、

「久我に、殺させてなるものか」

睨むように言い、信平の身体にしがみついた。

「松姫のもとにも、行かせはせぬ」

そう言うと、耳元に顔を近づけ、佐間一族の秘術を吹き込んだ。

その刹那、目をかっと見開いた信平が、起き上がろうとした。肩に抱きついて押さえた霞が、

「狙い人は、いずれ来る。ここで待つがよい」

告げると、信平は黙って従い、その場にあぐらをかいて座ると、一点を見つめたまま、身動きを止めた。狙い人が現れるのを、待っているのだ。

六

「遅い！　何をしておるのだ」

久我が、約束の地に信平と霞が姿を現さぬことに、焦《あせ》りはじめていた。

「もうすぐ兄上が、一条《いちじょう》家を辞する頃じゃぞ」

「見てまいれ」

竹原が、共に隠れていた浪人者に命じると、応じた一人が町家の二階から駆け下りた。

久我の兄、広道は、一条家でおこなわれる歌会に招かれ、朝から出かけていた。広道が一条家に出向く時は、行きも帰りも、禁裏《きんり》の南門前を通ることを知っており、人の目が多いこの道を、襲撃の場に定めていた。

この場所は、禁裏を守る者の目がある。そこで信平が広道を斬れば、動かぬ証《あかし》となる。

久我は、誰にも遠慮なく信平を捕らえて、兄の仇と称し、霞共々、首を刎ねるつもりでいたのだ。

焦る久我に、兄広道が一条家から出たという知らせが届いた。

「信平はどうした」

久我の問いに、浪人が答える。

「まだ見に行った者が戻りませぬ」

「間に合わぬ。浪人どもに襲わせてはどうか」

竹原が言ったが、久我は応じなかった。

浪人どもに襲わせたのでは、仲の悪い自分が真っ先に疑われるのは火を見るより明らか。それに、信平を陥れることができぬ。

「はなから、貧乏公家の跡目などに興味はない」

久我はそう言い、悔しげに歯を食いしばった。

「霞め、しくじったな。こうなっては是非《ぜひ》もなし。白川村に行き、この手で信平の首を刎ねてくれる」

そう言うと宝刀狐丸をにぎり、浪人の頭目に人を集めるよう命じて、白川村に向かった。

身じろぎもせずに狙い人を待つ信平は、静かに立ち上がると、すぅっと後ずさりし、屛風の後ろに隠れた。

霞は、信平の隙のない動きに驚いたが、同時に、外に気配を察して身構えた。

表の庭に人が駆け込み、同時に裏の障子が蹴破られた。

大勢の浪人どもが屋敷を囲み、そのうちの数名が、ぎらりと抜刀し、土足のまま上がってきた。

霞を囲み、切っ先を向ける。

「手出しは無用じゃ」

堂々とした態度で現れた久我が言い、浪人をどかせて霞の前に立ったその刹那、怪鳥のごとく屛風の後ろから飛び出た信平が、浪人のあいだを駆け抜け、久我に襲いかかった。

咄嗟に庭に飛び降り、信平の攻撃をかわした久我の手には、抜身の狐丸がにぎられている。

「ほう、兄ではなく、我を狙うか」

久我が目を細めて言い、

「裏切ったな」

霞を睨んだ。

すぐ信平に目を戻し、鼻で笑う。

「まこと、この太刀が気に入ったぞ、信平」

狐丸の切っ先を向けるのに応じて庭に飛び降りた信平は、対峙して左手を顔の前に上げた。隠し刀が、根元から折られている。

久我が一閃《いっせん》した狐丸を受けた時に折れ飛んだのだ。

「剣を使うのは、おのれのみではないのだ信平。残念だったなぁ」

馬鹿にして言うと、

「者ども、こ奴を生かして捕らえよ」

浪人どもに、険しい顔で命じる。

三十に近い数の浪人が信平を取り囲み、じりじりと迫る。

術により、久我を殺すことしか頭にない信平は、向かってくる浪人を打ち倒しながら前に出る。攻撃をかわすこともせず、力まかせに浪人どもを払いのけていたが、こうなっては、多勢に無勢だ。

一度に六人に飛び付かれ、ねじ伏せられた。

手足の自由を奪われ、うつ伏せに押し倒された信平は、前に立った久我を、常軌を逸した目で見上げて呻き声をあげた。

「まるで、獣じゃのう。身分低き母の血のせいか」

久我がいたぶるように言い、

「獣は獣らしゅう、地べたに這いつくばっておれ」

土足で顔を踏みにじった。

抗う信平を浪人どもに押さえさせた久我が、

「このまま、首を刎ねてくれる」

憎々しげに言い、狐丸の切っ先を下に向けた。

信平の首に突き入れんとした時、浪人の手を振り解いた霞が、久我の背中にしがみついて止めようとした。

だが、既のところで身を転じた久我が、片手で狐丸を一閃した。

喉笛を斬られた霞は目を見張り、首を押さえて昏倒《こんとう》した。

目の前に倒れた霞を見た信平が、息を呑んだ。信平の目には、想い人である松姫が映っているのだ。

松姫が久我に斬られたと思い込んでいる信平は、歯を食いしばり、絶叫した。

姫、姫と叫ぶ信平に、優しい顔で手を差し伸べた霞が、震える指で頬に触れた時、こと切れた。

霞の指が頬から力なく地面に落ちると、信平はふと、正気に戻った。

霞の死で、呪縛《じゅばく》が解けたのだ。

目の前に横たわるのが松姫ではなく、道謙の庵に助けを求めてきた女だと気付いた信平は、今まさに、狐丸で喉を突かんとしている久我を見上げた。

信平が正気を取り戻していることに気付いた久我が、突き入れんとした手を止めた。

「久我、殿か」

「ほう、術が解けたか」

「これは、なんとしたことじゃ」

「今から、貴様の首を刎ねるところよ」

「何ゆえ、麿を……」

「このわたしが六波羅で落ちぶれた暮らしをしていると申すに、おのれが出世することが許されると思うか。狐の子と言われたおのれが、下僕同然であったおのれが、わたしに勝る地位を得ることなど、あってはならぬのだ」

「そのようなことで、このおなごを麿に近づけ、命を奪ったのか」

「そのようなことだと?」

「そなたが日頃から民を苦しめていることは、所司代より聞いている。昔から人を妬み、己の弱さを隠すために強がり、麿を傷《あや》つけてきた。大人になった今も己の不遇を呪い、同じ所業を繰り返し、平気で人を殺める者に、明日はないと知れ」

「黙れ、ええい、黙れ!」

逆上した久我は、信平の顔を踏みつけた。

「このまま楽にしてやるものか。鼻を削《そ》ぎ落とし、耳を切り落とし、目をえぐり出してくれる」

憎しみに満ちた目で見下ろし、狐丸の切っ先を信平の顔に向けた。

「まずは、鼻からじゃ」

嬉々とした目をして言い、鼻を削ぎ落とさんとした時、空を切って飛んできた石つぶてが、久我の額に命中した。

「ぐわぁ」

悲鳴をあげてよろめく久我に浪人どもが驚き、抜刀した。

「曲者《くせもの》じゃ」

叫んで刀を構える浪人たちの前に、二人の老翁が悠然と立っている。

「貴様ら、今すぐここから立ち去らぬと、命がのうなるぞ」

道謙と、加茂である。

加茂がそう告げると、

「ふん、いんちき陰陽師が」

加茂を知る浪人の一人が言った。

「たわけが、嘘だと思うなら、わしではなく、前におるじじいに斬りかかってみよ」

加茂が言い、道謙の肩をぽんとたたいて下がった。

「後ろのじじいが申すとおりじゃ。わしは人が嫌いでな。しかも、そこで寝ておる阿《あ》呆《ほう》の弟子のせいで、ちと機嫌が悪い」

道謙はそう言うなり、埋忠明寿の太刀を抜く手も見せず前に走り出るや、竹原と小宮の前に立ち、両者を睨んだ。

その道謙の背後で、数名の浪人が倒れた。突風のごとく駆け抜けたあいだに斬っていたのだ。

恐るべき秘剣を目《ま》の当たりにした竹原と小宮は、悲鳴をあげて腰を抜かし、わなわなと震えはじめた。

浪人たちは刀を構えはしたものの、腰が引けている。もともと金で雇われた者だ、久我のために命を捨てる気があるはずもなく、あっさりと、命ほしさに逃げ出した。信平を押さえ込んでいた四人も、道謙の一睨みで怖気付き、悲鳴をあげて逃げて行った。

「信平、後はお前が始末せい。わしは疲れたわい」

道謙はそう言うと、頭を下げて震えている竹原と小宮の背後に回って、

「邪魔じゃ」

尻を蹴飛ばしてどかせ、お手並み拝見とばかりに、地べたにあぐらをかいた。

昔見た光景を思い出した信平は、久我に対する怒りが込み上げたが、冷静さは失っていない。

ゆっくり立ち上がり、久我と対峙した。

狐丸をにぎる久我は、

「素手で立ち向かうとは、おもしろい」

切っ先を向けて、正眼《せいがん》に構えた。

「その首、刎ねてくれる」

言うなり猛然と迫り、狐丸を袈裟《けさ》斬りに振り下ろした。

その太刀筋は鋭いが、数多《あまた》の修羅場を潜り抜けた信平の敵ではない。

見切って下がる信平。

空振りさせられた久我は信平を睨み、

「やあ！」

気合をかけて斬り上げる。

飛びすさった信平は、左の手刀を顔の前に立てて身構える。

久我は正眼に構え、猛然と出た。

信平も出る。

久我が狐丸を袈裟懸けに振るったその時、信平が目の前から消えた。狩衣の袖を振るって身体を横に転じながら久我と交差した信平は、左の手刀で後ろ首を打った。

「うっ」

久我は狐丸を落とし、昏倒した。

うつ伏せの久我を見下ろした信平が言う。

「申したはずじゃ。お前に明日はない」

狐丸を奪い返して鞘に納刀した信平は、道謙に頭を下げた。

「なかなかに、やりおる」

満足げに言う道謙は、震えている竹原と小宮に顔を向け、

「次は、貴様らの番じゃ」

じろりと睨んで立ち上がり、太刀の鯉口《こいぐち》を切って見せる。

二人は恐怖の極みに達して悲鳴をあげ、無様に卒倒した。

「ふん、つまらぬ奴らじゃ」

道謙がため息まじりに言った時、大男が庭に駆け込んだ。その後に続いて所司代の家来たちが入り、何ごとかという目を向けた道謙と加茂を取り囲んだ。

山ですれ違った男だと思いながら道謙が見ていると、大男は、庭に横たわる浪人たちを見回して驚いていたが、信平がいるのを見て、

「殿！」

大声をあげると、安堵して尻餅をついてしまった。

信平が振り向いた。

「佐吉か」

「捜しましたぞ殿、何があったのですか」

訊きながら、道謙を睨んだ。

「この者どもは誰です」

「麿の師匠じゃ」

佐吉は愕然とし、慌てて頭を下げた。

「こ、これは、ご無礼を」

所司代の家来たちは、道謙と加茂から離れ、信平に頭を下げた。

佐吉が目の前にいる道謙に訊く。

「いったい、何があったのですか」

「阿呆の弟子が、狐に騙されたのじゃ」

「なんとおっしゃいましたか？」

目を白黒させて聞きなおす佐吉に、道謙は薄笑いを浮かべて言う。

「話せば長《なご》うなる。そこで気を失《うしの》うておる公家の倅どもが、信平を陥れようとたくらんだのじゃ」

道謙の話を聞いていた侍が、倒れている久我を仰向けにさせて目を見張った。

「やや、久我道定」

所司代の与力だと道謙に告げた侍は、久我を指差した。

「この者は、都の民を苦しめる悪党です」

与力が言うには、久我は霞を使い、大店《おおだな》のあるじから大金を巻き上げるなどの悪事を重ねていたらしく、兄、広道の願いを受けた所司代が、探索を命じていたのだ。

「お手柄にございますぞ」

与力が信平に言い、道謙と加茂にも頭を下げた。

「では、後のことは頼む」

信平が言うと、

「はは」

与力は快諾し、配下に命じて久我たちを捕縛した。

与力が言う。

「信平様、急がれませぬと、船の刻限に間に合いませぬ」

佐吉があっと息を呑んだ。

日が西にかたむきはじめている。

「殿、馬を待たせております」

「今から大坂へ走れば、ぎりぎり間に合いますぞ」

佐吉と与力に順に言われた信平は、道謙の前に片膝をつき、頭を下げた。

「ゆけ」

「はは、このご恩……」

「当然返してもらう」

道謙が言葉を被せ、顔を上げる信平に、行けと顎を振った。

連れ去られるようにしてその場を立ち去る信平の背中を見つめた道謙が、

「やれやれ、騒がしい奴じゃ」

呆れたように言い、横を向く。

「加茂よ」

「なんじゃ」

「おぬしの予言は、まこと、よう当たるの」

加茂が横に並んで立ち、馬に乗って走り去る信平の背中を見送った。そして言う。

「まだまだ、これからじゃ。あの者が大きゅうなるのは」

道謙は、眩《まぶ》しそうな目を信平に向けた。

「見たいものじゃな、その姿を」

「見られるとも」

「それは、予言か」

道謙が見ると、加茂は黙って微笑んだ。

第四話　盗賊

一

「殿、よろしいですな。本丸御殿では落ち着きなされよ」

「ふむ」

「上様にお目にかかるのは、いつぶりでございましたか。確か……」

葉山善衛門は指を折っていたが、まあよい、と誤魔化して、部屋の中を行ったり来たりしている。

「とにかく、落ち着くことですぞ」

「ご老体こそ落ち着きなされ」

下座に控えている江島佐吉が、呆れたように言った。

善衛門が立ち止まり、

「わ、わしは、落ち着いておるわい」

落ち着かぬ様子で佐吉に言うと、鷹司松平信平に顔を向け、身なりを気にした。

「殿、やはり、狩衣はどうですかな。せめて、裃《かみしも》を着けませぬか」

まだ間に合うと言い、道具を取りに行って戻った。

手にしているのは、月代《さかやき》を整えるためのもの。

知行地を賜るのだから武士らしくしろと言い、月代を剃《そ》ろうという魂胆だ。

「麿はこれでよい。上様も許してくださっておる」

「はて、初耳ですな」

「ご老体、殿がおっしゃるのですから、細かいことはよいではありませぬか」

「何を申すか佐吉」

善衛門が佐吉を叱り、信平の前に座った。

「殿、上様がお許しになられても、公儀の者がよい顔をしませぬぞ」

「ふむ」

「おお、裃を着けてくださるか。よしよし、ただいま支度を」

誰も裃を着るとは言っていないのに、善衛門はぶつぶつと言いながら納戸に行き、裃を持ってきた。

「月代はまあよしとして、これにお着替えなされ」

信平は仕方なく、善衛門の手を借りて裃を着けることにした。

着替えを終えた信平を見て満足そうな善衛門は、ご無礼を、と言って、信平の烏帽子を取った。

「やや！」

目を丸くする善衛門と佐吉をちらりと見た信平は、佐吉に脇差を出すよう命じた。

「た、ただいま、すぐに」

不思議そうな顔で信平を見ながら、佐吉が脇差を渡した。

上洛する前日に、紀州大納言徳川頼宣から授かった脇差である。

この脇差、ただの脇差ではない。

織田信長《おだのぶなが》、豊臣秀吉といった権力者が蒐集《しゆうしゆう》した名工、粟田口吉光《あわたぐちよしみつ》作の一振りであり、名物藤四郎《とうしろう》の脇差であった。

信平は、将軍からの登城命令を受け、この脇差を殿中差にすることを決めたのだ。

信平が将軍に呼び出されたのは、京より江戸にくだって二月《ふたつき》後のことだ。そのあいだ、なんの音沙汰もなく、

「ええい、何をしておるのじゃ」

善衛門がぼやくほど、悶々《もんもん》とした日々を過ごしていた。

痺れを切らせた善衛門が公儀に問い合わせても、沙汰を待て、としか返答が来ず、そのあいだ信平は、松姫とも会わなかった。正式に沙汰がくだされたのちに打ち明け、迎えに行くつもりだったのだ。

暑い盛りが過ぎ、秋暑し、の声が聞こえはじめた頃に、信平はようやく、登城を許されたのである。

登城し、控えの間で待っていた信平は、迎えに来た茶坊主の案内に従い、善衛門と共に白書院に向かった。

下段の間に入ると、将軍をはじめとする幕閣の面々は、別件の合議を終えて待っていた。

信平は、誰とも目を合わさず下座に座り、

「松平信平、命に従い参上つかまつりました。上様のご尊顔を拝し、恐悦至極《きょうえつしごく》に存じ上げ奉りまする」

官位の礼は、正式に告げられてから言うほうがよかろうと善衛門に言われていたため、拝謁のあいさつだけで頭を下げていた。

しばらく、言葉を発する者がおらず、斜め後ろで、同じように頭を下げていた善衛門が、たまりかねて僅かに頭を上げて見ると、誰もが、息を呑んだような顔をして、信平を見ていた。

「さもあろう、さもあろう」

してやったりと、善衛門が小声で言い、早うせぬかという意味を込めて、大げさに咳ばらいをした。

「苦しゅうない。面を上げよ」

上段の間の、御簾《みす》の奥にいる将軍家綱の声に応じて、信平と善衛門が顔を上げた。

「信平、久しぶりじゃ」

「はは」

家綱に対し、僅かに笑みを浮かべて応じると、御簾が上げられた。

前に拝謁した時より大人びた顔つきになった家綱の姿が、信平には頼もしく見えた。

心優しき将軍と耳にしていた信平は、敬意をもって、この場に参上したのである。

その気持ちの表れが、信平の姿を見れば一目瞭然であった。

綺麗に月代を剃り、髷《まげ》を結い上げている信平の裃姿は、万石級の大名に劣らぬ品格を持っていた。

信平は、昨夜のうちにお初に頼んで月代を整えていたため、善衛門も佐吉も、烏帽子を取るまで知らぬことだったのだ。

この信平の姿を見た家綱は、

「ついに、剃ったか」

嬉しげでもあり、つまらなそうにも聞こえる声で言った。

「殊勝《しゅしょう》なことでござるな、信平殿」

言ったのは、酒井忠勝だ。信平が上洛しているあいだに隠居し、家督を四男の忠直《ただなお》に譲ったはずであるが、信平の所領を決めるに際し、忠勝も絡んでいたため、最後の務めにまいったというわけだ。

信平が賜った左近衛少将の官位は、酒井大老が隠居するまで任じられていたものである。

酒井大老が隠居したことと、信平の任官に関わりがあるという話は、信平も善衛門も聞いていない。が、信平を京に戻すという、例の噂の出所が酒井大老であるというのは、密《ひそ》かにささやかれていた。

善衛門は、

「こ奴め、何をたくらんでおる」

と言いたそうな顔をして、酒井老人を一瞥《いちべつ》した。

戦国武将の風格が漂う酒井は、信平の姿を見るまでは、

「あの若造めは、狩衣で上様の御前に現れるつもりであろうか。方々《かたがた》、例外を許しますと、下々《しもじも》の者に示しがつきませぬぞ」

難しい顔をして、口うるさいことを言っていた。

そこへ、月代を剃り、裃を着けた信平が、きりりとした侍姿で現れたものだから、皆驚き、しばらく声を失っていたのである。

これには酒井老人も閉口するしかなかったが、嫌味じみたことを言い、含み笑いを浮かべた。

殊勝なことだと言われた信平は、僅かに顔を向け、

「おそれいりまする」

頭を下げて応じた。

飄々として、相手にしておらぬ信平の様子に顔をほころばせたのは、家綱の右下座に控える、阿部豊後守忠秋だ。

その隣の、より上座に近い所に座る松平伊豆守信綱は、おもしろくもなさげな顔を

していたが、家綱に目配せをして許しを得ると、膝を転じて信平に身体を向け、懐から書状を取り出した。

正式に官位を与えることを告げたのち、いよいよ、所領のことが告げられた。

「七百石を召し上げ、上野国《こうずけのくに》多胡郡《たごごおり》岩神村《いわかみむら》千四百石を与える」

「はは」

信平が頭を下げると、

「お待ちを」

善衛門が、悲痛な叫びをあげた。

たわけものめが――

口には出さぬが、伊豆守が厳しい目つきで善衛門を睨んだ。

「おそれながら上様、岩神村とは、ご天領の、かの地のことでございましょうか」

家綱は答えず、黙っている。

「上様――」

「謹んで、お受けいたしまする」

信平が善衛門の声を制して、平伏した。

「信平殿、まことに、異存はないのだな」

伊豆守が念押しすると、

「はは、領民が安寧《あんねい》に暮らせますよう、努《つと》めまする」

期待に添うことを、誓った。

善衛門は困り果てた顔をし、阿部豊後守は、おもしろくない顔で嘆息を吐いた。伊豆守は冷たい顔つきで書状を納め、目録として信平に渡し、それを見守ることですべての役目を終える酒井は、してやったりと、ほくそ笑んだ。

「信平殿、左近衛少将の役に恥じぬよう、励まれよ」

酒井に声をかけられ、信平が顔を向けて応じた。

「はは」

すると、伊豆守から、領地の代官のことを告げられた。

幕府天領の村をまかされている代官の名は、暁《あかつき》胤光《たねみつ》といい、しばらくのあいだは、引き続きこの者に領地をまかせるようにと告げられた。

勘定奉行の支配下にある代官が代わらぬとなると、信平の領地であって、信平の領地でないと告げられたようなものである。

これには善衛門が憤慨し、

「そのようなことをなされたのでは、領主である信平様の面目が立ちませぬ」

食い下がった。

伊豆守がじろりと睨み、

「勘違いするでない。暁は勘定奉行の支配を離れ、信平殿の配下となる。今年の米の収穫が迫っておるゆえの配慮であり、来年からは、信平殿の自由にするがよろしい」

そう告げて、善衛門の口を閉ざした。

「それでよいか、信平」

家綱に言われて、

「ご配慮、痛み入りまする」

すべて受け入れた。

その信平に、家綱が言い添える。

「かの地は、治めるのが難しいと聞く」

「はは」

「されど信平、かの地は、土地が豊かとも聞く。今日より一年間、そちの領地入りを勝手次第といたすゆえ、しかと治めよ。増えた石高は、すべてそちに与える」

つまり、やりようによっては、千四百石以上の石高を得られるということだ。善衛門が喜んで張り切りそうなことだが、浮かぬ顔をしている。

信平が謹んで受けると、

「民のために、励めよ」

満足した家綱は、そう言って奥に下がった。

正式なお達しがくだり、信平は晴れて、千四百石の旗本になったのである。

松姫を迎えに行くことができる。

そう思いつつ、本丸御殿の廊下を歩んでいると、突然障子が開けられ、不安げな、青白い顔がぬっと現れた。

松姫の父、紀州大納言徳川頼宣の側近、戸田外記である。

信平は驚きながらも、頭を下げた。すると、月代を剃り、裃を着けた信平をどこぞの大名と勘違いしたか、戸田は残念そうにため息を吐きながら、

「ご無礼を、人違いでござった」

と言い、障子を閉めようとしたところで、

「ああ？」

善衛門を見て声をあげ、前にいたのが信平だと気付いて息を呑んだ。

信平が改めてあいさつをすると、いきなり腕をつかまれ、部屋の中に引っ張り込まれた。

突然のことに、慌てて追ってきた善衛門が、

「戸田殿、何をなさる」

声をかけたが、戸田には届いていない。裃姿の信平を、じっくりと眺めているのだ。

「戸田殿！」

善衛門が後ろから歩み寄り、耳元で大声を出すと、腰を抜かさんばかりに驚き、やっと顔を向けた。

善衛門が疑いの目をもって訊く。

「今日は、紀州大納言様は登城の日でしたかな」

少しうろたえた戸田が言う。

「いや、それがしはちと用があり、登城したまで」

信平が将軍に呼ばれたと聞きつけた頼宣が、官職についた信平が石高を告げられるに違いあるまいと察して、用もないのに用を作って戸田を登城させ、探らせようとしたのである。

命に従った戸田は、本丸御殿の紀州徳川家控えの間に潜み、信平が謁見を終えて来るのを今か今かと待っていたのだ。

「どうでありましたか、領地を賜ったのですか」

食い下がるようにして訊く戸田に、信平はうなずいた。

「おお、それで、いかほどにご加増を？」

「これまでの所領は召し上げになり、上野国に千四百石を賜った」

「なんと、千石を超えられましたか。おめでとうござりまする」

戸田が嬉しげに言い、善衛門にも頭を下げた。

信平が、村の名前を教えると、

「分かり申した。すぐ立ち返り、殿と姫様にお伝えいたしまする」

戸田は止めるのも聞かずに、立ち去った。

松姫には自分の口で伝えたい信平であったが、

「まあ、仕方あるまい」

ひとつため息をついて、善衛門に微笑んだ。

すると善衛門は、元気がない笑みで応じたが、信平がその理由を聞かされたのは、四谷の屋敷に帰ってからである。

二

「何、それはまことか」

驚愕と激怒の声を発したのは、頼宣である。

目の前には、江戸城から戻った戸田が、顔を青ざめさせて座っている。

「確かに、勘定奉行はそう申したのだな」

頼宣がふたたび問うと、戸田ははいと答えて、悔しげな顔をした。

そばで聞いていた中井春房は、目まいがしたのか、額を押さえて後ろにのけ反った。城から戻った戸田から、信平が左近衛少将となり、千四百石の領地を賜ったと聞いたところまではよかったのだが、その後が最悪だった。本丸を辞そうとした戸田が、たまたますれ違った勘定奉行の曾根《そね》某《なにがし》に声をかけ、

「松平信平殿のご領地について、おうかがいしたい」

岩神村はどのようなところか訊くと、曾根の表情が曇ったのである。

信平が与えられた領地は、

「まったくもって、気の毒としか申せぬ」

なのだそうだ。

千四百石というのは検地上の数字であって、実際は違っていた。

毎年、稲の刈り入れを終えると山賊が現れ、村人から米を奪っていくらしく、年貢は二割も取れぬと言うのだ。

千四百石の知行地でありながら、領主に入る米は二割も取れず、実際は二百八十石しか入らぬと言う。

この実情を知った頼宣は、

「そのようなことでは、姫を渡すわけにはいかぬ」

こう言いながら、悪意とも思われる幕閣連中のやり方に腹を立て、

「上様に真意を問いにゆく」

などと言いだし、家来たちを慌てさせた。

酒井のじじいらに文句のひとつでも言わねば気がすまぬという頼宣を、戸田と中井が必死に説得した。

公儀に目をつけられれば、百害あって一利なし。

信平にも累《るい》が及びかねぬと言うと、頼宣はやっと、思いとどまった。

不服そうに側近を睨み、

「ならば戸田、すぐ信平の屋敷へ行き、姫を迎えに来ても無駄じゃと告げよ」

わしは知らぬ、とでも言うように、命じたのである。

戸田はあからさまにいやそうな顔をして、中井に助けを求めたが、

「それがしは、姫様にお伝えするという辛い役目がござる」

きっぱりと断られ、仕方なく、信平の屋敷へ向かった。


「確かに、お伝え申しました」

頭を下げる戸田に、善衛門は口をむにむにとやり、怒鳴り声をあげた。

「戸田殿、もう一度申されよ！　殿は千四百石になられたのだぞ。それを、今のままでは姫様を渡せぬと申すは、どういうことじゃ」

「それは、その……」

「大納言様は、大ほら吹きにござるな！」

あるじを罵倒《ばとう》されては、戸田とて気分が悪い。

「何を申されるか！」

「なんじゃ！　やるか！」

両者が胸を突き合わせていがみ合い、今にも殴り合いになろうとしたが、冷や水を

かけられて、

「うお」

「わわ」

濡れた顔を拭い、水をかけた者に顔を上げた。

庭にいるお初が水桶《みずおけ》を足下に置き、柄杓《ひしゃく》を持った右手を善衛門たちに伸ばしたままでいる。驚いた顔をして、

「あら、ごめんなさい」

狙いが狂ったとばかりにお初はあやまったが、顔は半分笑っていて、悪いとは思っていない様子だ。

わざとに違いあるまいと睨む善衛門であるが、後が恐ろしいので黙って許すことにして、

「戸田殿、少々熱くなりすぎ申した」

戸田にも詫び、信平の下座に座りなおした。

戸田は不快そうに着物を触っていたが、自分も悪かったと詫び、信平の前に座った。

善衛門は大きな息をひとつ吐き、気を静めて、

「当方も、あの村のことは承知しておる」

そう告げたうえで、

「いったい、いかほどの数字なれば、頼宣侯は納得されるのだ。信平様は約束の千石を超えられたのじゃぞ」

「実質二百八十石では、以前より下がっておりまする」

「千石は千石じゃ！」

また熱くなりはじめた善衛門が、はっと我に返り、お初を警戒した。

お初は知らぬ顔で水撒《みずま》きをしているが、意識がこちらに向いていることは分かる。

信平と松姫のことが、気になって仕方がないのだ。

善衛門は気を落ち着けて、戸田に数字を求めた。

すると戸田が、信平に頭を下げて言う。

「千四百石の知行なれば、五百石から六百石は、年貢米を取れるはずにございます。ゆえに、少なくとも五百石を納めさせるようにならねば、姫は渡さぬとの仰せでございまする。我が殿の親心、どうか、お察しくだされませ」

信平は何も言えなかった。

「殿、受け入れてはなりませぬぞ」

善衛門はそう言うが、戸田の言うことにも一理あると、信平は思ってしまうのである。

ここで突っぱねたところで、引き下がるような頼宣ではない。

となれば、

「承知したと、お伝えくだされ」

これしか、答えようがない。

安堵した戸田は、信平の気が変わらぬうちにと、早々に帰っていった。

「殿、人が好《よ》すぎますぞ、姫様とお暮らししとうござらぬのか」

「ふむ……」

のんびりとした返事に善衛門は呆れたが、この時、信平のこころは、新しい領地に向けられていた。盗賊に苦しめられる領民のことを、考えていたのだ。

「殿、聞いておられるのか」

「善衛門」

信平に険しい顔を向けられ、善衛門は身構えた。

「な、なんでござるか」

「麿は、上様がおっしゃった言葉の意味が今分かったぞ」

「なんのことでござる」

「忘れたか、一年のあいだ領地入りを勝手次第とするゆえ、かの地をしかと治めよ。増えた石高は、すべてそちに与える。そうおっしゃったではないか」

「あっ」

善衛門は、しまったと膝をたたき、してやられたと悔しがった。

今になって思えば、本丸御殿で酒井忠勝が見せた不敵な笑みが、すべてを語っていたのだ。

公儀の役人が持て余す厄介な領地を信平に与えて、苦しんでいる領民を助けさせようとしたのである。

石高は切り取り次第ということであれば、盗賊どもを退治してしまえば、五百石の年貢米を納めさせるのは容易く、領民にも負担が少ないかもしれぬ。

「殿ぉ、いかがいたしますか」

情けないと言って嘆いている善衛門に、

「することは、ひとつしかあるまい」

信平はそう言い、領地に行くことを決めた。

いち早く信平の真意をくみとった佐吉が、廊下から中に入って座り、信平の下知《げち》を待った。

善衛門が負けじと、身を乗り出して訊く。

「いつ、行かれますか」

信平は、遠くを見るような目を庭に向けた。

「盗賊は、米を狙いに現れると申しておられたな」

「いかにも」

「米の刈り入れはいつじゃ」

これには、佐吉が答えた。

「後一月《ひとつき》もござらぬ」

「ならば、急がねばならぬ。明日にでも、発つとしよう」

「相手は盗賊。此度は、それがしもまいりますぞ」

善衛門が俄然《がぜん》張り切って言うと、お初が桶と柄杓を置いて縁側に駆け寄った。

「信平様、わたしもお供をいたします」

願い出たお初に、信平はうなずく。

「では、四人でまいろう」

三

上野国多胡郡へ入ったのは、江戸の屋敷を発ってから七日後のことだ。

街道が整備されておらず、険しい山越えもあるため、

「江戸に米を運ぶのも、一苦労ですな」

善衛門が、田舎道に疲れたと愚痴《ぐち》をこぼした。

このあたりは、幕府天領と大名家の領地が入り乱れており、多胡郡にしても、村によって領主が違う。

その中のひとつが信平に与えられたのであるが、岩神村は、江戸より続く道から外れて、さらに奥に入った、山に囲まれた場所にあるというので、多胡郡の宿場で一泊し、翌朝早く山越えをした。

山間の小さな村であるが、佐吉に言わせると、田圃の稲もよく育ち、穂はまだ青いが、実をたくさんつけているという。

山から流れる沢の水も豊富で、土地も肥えているのだろうと言い、

「殿、この地はきっと、いい米が採れますぞ」

目の前に広がる田圃を見渡した。

気付けば、田圃の稲の中から人が顔を出して、こちらの様子をうかがっていた。腰をかがめて草を抜いていたらしく、信平たちは気付かなかったのだ。

めったに人が訪れないのだろう。頬被りをした中年の女が、何者が来たのかという顔をしている。

「丁度よい、代官の屋敷の場所を訊いてまいりましょう」

佐吉が言い、

「おぉい、ちと、尋ねたいのじゃが」

声をかけると、女はあたりを見回して、自分に声をかけられたと気付き、へえ、と言うように、頭を下げた。

佐吉が言う。

「代官殿の屋敷へまいりたいのだが、ここから見えるか」

「へえ、あそこに」

女が右手で指し示す方角には、それらしき屋敷があった。

「あの、藁ぶきの屋根か」

佐吉が訊くと、女は大きくうなずいて見せた。

「分かった。手を止めさせてすまぬ」

佐吉が礼を言うと、女は腰を曲げて仕事に戻り、稲で姿が見えなくなった。

屋敷といっても、さほどに大きいものではなく、近くにある寺のほうが立派である。

代官とはいえ、この村だけを受け持っているというのだから、江戸で言うと、七十石級の御家人ほどか。

信平たちを出迎えた者は、身体も小さく、細身で、覇気に乏しい顔つきをした男で、一言で言うと、

「鼠《ねずみ》のような」

四十代と思しき男であった。

急に訪れたにもかかわらず、男は驚きもせず、

「よう、まいられました」

細い声であいさつをし、信平を頭のてっぺんから足の先まで見ている。

「これ、おい、このお方は、松平信平様じゃ」

善衛門が教えると、

「はあ」

男は気のない返事をする。

「はあ、じゃのうて、早う、あるじを呼ばぬか」

善衛門が苛立って言うと、男は戸口で座して両手をつき、頭を下げた。

「この家のあるじ、暁胤光にございます」

あっけにとられた善衛門が、目まいがしたのかふらついた。

「それを早く申さぬか。暁殿、御公儀から話を聞いておらぬのか」

気を取りなおして訊くと、暁は頭を下げたまま言う。

「御天領でのうなるのは承ってござる。しばらくのあいだ、松平左近衛少将信平様をお助けせよとの仰せ。よって村のことは、この暁胤光めに、万事おまかせくださいませ」

善衛門が渋い顔で言う。

「今日は、そのことでまいった」

「はは、どうぞ、お上がりくださりませ」

暁自ら、座敷へ案内した。

通された部屋は、隣の部屋とのあいだの襖を外してあり、なかなかに広い。

一輪の赤い花が飾られた床の間の前を示されて、信平は上座に歩み、狐丸を横に置いて座った。

善衛門と佐吉とお初が並んで座り、暁が信平の前に座ると、改めて頭を下げた。

若党と思しき侍が現れ、廊下に膝をつくと、続いて、中年の女が現れた。

「これは、妻の勝枝《かつえ》にございまする」

暁に紹介された妻が、にこやかに言う。

「遠い江戸からわざわざのお越し、さぞお疲れのことにござりましょう。粗茶でございますが」

自ら信平の前に茶台を置き、うやうやしく下がった。

善衛門とお初には、下女がお茶を出し、それを見届けた妻が、

「どうぞ、ごゆるりと」

頭を下げ、皆を連れて立ち去った。

狭い屋敷ながら、家人が大勢いると思いつつ、信平は見送った。

それでも、質素倹約をこころがけているらしく、着ている着物は地味で色褪《いろあ》せており、部屋の調度品も、江戸市中の町家で見かけるようなものばかりだ。

「この村は、盗賊に悩まされておると聞くが、まことか」

信平が訊くと、暁が一層肩を落とし、

「はい」

げっそりとした様子で答えた。

「毎年、稲の刈り入れが終わり、百姓衆が年貢米を出す頃になると現れます」

「出ると分かっていて、何ゆえ成敗せぬのじゃ」

「お恥ずかしいことではありますが、何分にも人手が足りず、盗賊どもは恐ろしく強い者ばかりでございますものですから、下手に手を出そうものなら村人にどのような仕返しがくるかと思うと恐ろしく、手も足も出せぬのです。いや、一度は出したのですが取り逃がしてしまい、その仕返しに村の男が攫《さら》われて、戻ってきませぬ」

小さな声で長々と言いわけをする暁は、ちらり、ちらりと信平を見ては、額の汗を拭った。

信平が目を見て問う。

「これまで、御公儀の助けはなかったのか」

「はい、何度か助けを求めたのでございますが、何分にも小さい村のことゆえ、年貢米も微々たるもの。そのような村には構っておれぬとばかりに、放っておかれております。それでも、三百石をお納めしております」

信平は懸念をぶつける。

「まさか、奪われた米の穴埋めを民に課《か》しておるのか」

暁は背中を丸めた。

「僅かでもお納めせねばと、皆で、助けおうております。ですが、なんとか飢える者は出しておりませぬ」

「そうか」

「さぞかし、苦労されておられたのでしょうな」

口を挟んだ佐吉が、声を震わせている。

東大久保村《ひがしおおくぼむら》の豪農、両山四郎左衛門《りょうやましろうざえもん》の田畑を手伝っていたことがあるだけに、百姓衆の苦労を知っている。それゆえ、米を奪う盗賊が許せないと、憤っているのだ。

信平の前に座る暁は、さらに背中を丸めて下を向き、ため息をついた。

覇気がない暁を見つめた善衛門が、信平に顔を向け、

「この者で大丈夫でしょうか」

と言いたそうな目顔をして、首をかしげた。

信平は答えず、暁に声をかけた。

「暁殿」

「はい」

「盗賊が出はじめて、何年になる」

「三年になります」

「その者らが何者か、分かっておるのか」

「顔を覆面で隠し、夜中に出没しますので、何もつかんでおりませぬ。鬼神だとの噂もございます」

「得体の知れぬ者に襲われたのでは、鬼神などと噂が立つのも無理はない」

「このような村を領地とされる松平様には、まこと、お気の毒にございます」

「そう悲観するな。麿が、盗賊どもを成敗いたす」

暁は返事をする代わりに、信平の顔をまじまじと見つめた。

「いかがした」

信平が訊くと、頬を震わせて、引きつった笑みを浮かべた。

「軍勢を、連れておいでにござったか」

「そのようなものはおらぬ」

「では……」

暁は落胆の顔で、善衛門と佐吉を見た。

善衛門が胸を張る。

「案ずることはないぞ。殿は、幾度となく修羅場をかい潜り、極悪非道の輩を退治してこられておる。わしも、佐吉も、そしてこのお初も、昔で申すなら一騎当千《いっきとうせん》のつわものじゃ。盗賊など成敗してくれる」

「それは、頼もしいことにございます。では、非力ながら、それがしもお供をいたしたく」

暁はようやく笑みを見せて言い、信平に頭を下げた。

いつの間にか外が暗くなり、部屋の中も薄暗く、お初の色白の顔だけが目立つようになっていた。

廊下に明かりが近づき、手燭《てしょく》を持った勝枝が現れると、付木《つけぎ》に火を移して蠟燭を灯した。

一本しか灯さぬので、信平と暁の顔は見えるが、下座のお初は手もとが暗い。

それでも勝枝は、膳の支度が調ったのでこちらに運ばせると言い、下がって行った。

程なく、膳を持った下女を連れて戻り、まずは信平、ついで善衛門の前に置かせ、佐吉とお初の分は、どこに運べばいいかを尋ねてきた。

佐吉を若党、お初を女中と見なした勝枝が、膳の間を分けようとの配慮だった。

信平が共にと言うと、勝枝はいささか驚いた様子であったが、

「かしこまりました」

素直に応じて、すぐに運ばせた。

最後に暁の分が置かれるのを待って、信平は箸《はし》をつけた。

梅干と、ごぼうと芋の煮物に、米と雑穀を混ぜたご飯が出されており、信平にとっては、味こそ違えども、昔食べた懐かしい食材であった。

苦労をした佐吉も、お初もなんら抵抗なく食べているようであったが、善衛門は、米と雑穀を混ぜたご飯だけは、苦手のようであった。

「お口に、合いませぬか」

暁が顔色を気にして訊くと、

「い、いや、旨い」

善衛門はご飯を少しだけ口に入れて、芋をほおばった。

「刈り入れ前は米が足りませぬゆえ、辛抱してくだされ」

暁はそう言って、辛そうにうな垂れてしまい、部屋の中にどんよりとした気配が漂った。

佐吉が、湿っぽい空気を吹き飛ばそうと、明るい声で言う。

「暁殿、今年は米がようできておりますな」

暁は暗い笑みを浮かべた。

「おかげさまで日が照り、雨もよい具合に降りましたので。後は、刈取り前に大風が吹かぬことを祈るばかりです」

「うむ。盗賊が出ぬこともな」

「はい。言われてみれば、それが一番の害でございますが、今年は皆様に助けていただけるのですから、村の衆も安心できましょう」

ぼそりぼそりと言いながら、器のご飯を少しずつ口に運ぶ暁の姿は、まったくもって頼りなく、夕餉を終えて四人で休んでいる時、善衛門が心配した。

「殿、暁殿は役に立ちましょうか」

せっかく賜った領地をまかせるには頼りないと、はっきり言う。

「盗賊を成敗すれば暁殿の心労も減り、本来の力を出されるであろう」

信平がこう答えると、佐吉が続いた。

「さよう。ここの暮らしぶりを見る限り、あのお方は、村の衆から慕われておりますぞ。盗賊が出ぬようになれば、よい領地になりましょう」

善衛門がうなずく。

「さすれば殿、いよいよ、奥方様をお迎えに行かれますぞ」

信平が微笑むと、佐吉が嬉しそうに言う。

「さようにございますな。都より戻られてもお会いになっておらぬのですから、姫様はお待ちのことでしょう。しかしながら、姫様を迎えるとなると、今の屋敷では狭すぎますな。官位と禄高《ろくだか》に見合う屋敷を賜れませぬのか」

善衛門が手で膝を打った。

「おお、佐吉の申すとおりじゃ。千四百石ともなれば、家来を増やさねばなりませぬし、屋敷内に組屋敷を持てる広さもいります。御公儀に、わしから催促してみましょう」

「麿は、今の屋敷でも構わぬ。皆が穏やかに暮らせれば、それでよい」

善衛門は、殿らしいと言って笑った。

「さようですな。皆で穏やかに暮らすのが一番です」

「うむ。まったくにござる」

夢を膨らませ、欲を膨らませていた善衛門と佐吉が調子のいいことを言っていると、隣の部屋に行っていたお初が戻り、夜具の支度が整ったと言う。

「明日は村を歩くことになっておりますので、お早めにお休みください」

「ふむ。では、休むといたそう」

信平はお初に応じて、床の間の前に敷かれた夜具に入った。

善衛門と佐吉が警固を兼ねて両隣の夜具に眠り、お初は、より外に近い場所に敷いた夜具に入った。

四

翌朝、信平たちは、岩神村を見回るために代官屋敷から出かけた。

暁の案内で村を歩いていると、小高い場所にある八幡《はちまん》社の杉杜《もり》が見えてきた。さらにゆくと、社に上がる石段に腰かけた村の女たちの談笑が聞こえる。

近づく信平たちにいち早く気付いた女が皆に何かを告げ、慌てて道に並び、代官に頭を下げた。

信平が黙って通り過ぎようとすると、三人いる女のうちの一人が顔を上げて、すぐに下げ、隣の女に小声で言う。

「今日は、祭りだったかね」

四十代の女房たちは狩衣姿の信平を見て、祭りの時にだけ来る神主だと勘違いしたのだ。

これに慌てた暁が、

「これ、神妙にいたせ。ご領主様となられたお方じゃぞ」

そう教えると、女房たちが息を呑み、額を地べたにつけるようにするので、信平は立ち止まった。

「面を、上げよ」

直接声をかけられると思っていなかったのか、女房たちは、

「はへえ？」

と、間抜けな声を出して顔を上げた。

ぽかんとしていた女房たちは、三人で顔を見合わせて、相手の顔が泥で汚れているのを見て、自分の顔も汚れてはいまいかと気にして袖で拭いた。

信平が立ち去ろうとすると、

「あの」

一人が、慌てたように声をかけてきた。

信平が足を止める。

「何か」

「ご領主様と言いなされましたが、この村は、将軍様のものじゃなくなるので？」

信平は微笑んでうなずいた。

「このたび上様より、麿が賜った」

すると、女房たちはふたたび顔を見合わせて、何かを示し合わすようにうなずき、信平に向いて頭を下げた。

何か嘆願するのかと思えばそうではなく、黙っている。

そんな女房たちの顔を見た信平は、天下の領地であることに、誇りをもっていたのだろうと察した。

「信平様、先を急ぎましょう」

暁に言われて、信平は女房たちの前から立ち去った。

その背中を見送った女房たちが、肩の力を抜いて地べたに腰を下ろすと、

「見たかね、あのお顔を」

「まるで、お内裏《だいり》様だ。見たことはないがね」

「どっちにしろ、いい男だね」

「まったくだぁ。家に飾っておきたいね」

がははぁと笑う女たちに善衛門が振り向き、信平に言う。

「盗賊が出るようには思えませぬな」

「ふむ。楽しそうで、よいことじゃ」

前をゆく暁が立ち止まり、信平に言う。

「あそこに見えます一本杉までが、岩神村です」

指差す先の小高い山の麓に、大きな杉の木が一本だけ立っていた。

その先は、大名家の領地だという。

「岩神村は、大名の領地に囲まれております。昔は、大名同士が領地の境界を争わぬようにとの配慮があったのでございましょうが、今はそのような時代ではございませぬし、ご覧のとおり、村の周りは小高い山に囲まれておりますので、他藩の者を見たことがございませぬ。信平様のご支配となられても変わりはありますまいが、外の目が届かぬ分、盗賊どもにとっても都合がよいようで、この山のどこかに、潜んでおるものと思われます」

「なるほど、言われてみれば、攻めにくい山であるな」

そう言った善衛門は、念のために持ってきた手槍《てやり》を地面に立て、額に手をかざして見渡している。

女房たちがいる八幡社の杜の上には数羽の鳶《とび》が集まっており、戯れるように飛んでいた。

信平はふと、空を舞う鳶から視線を下げ、杜の杉を見た。そして目を凝らす。一段と高い枝葉の中に、何かいるような気がしたのだ。

人か、それとも獣か。何かは分からぬが、こちらを見られているような気がする。

「殿、いかがされた」

佐吉が信平の様子に気付き、声をかけた。

「いや」

信平はそう言って、気のせいかもしれぬと思いなおし、目をそらした。

暁が誘う。

「では、村の南にまいりましょう。そこには、桑畑がございます」

善衛門が驚いた。

「桑畑じゃと。では、蚕《かいこ》を飼われておるか」

暁が眉間を少し上げて微笑む。

「このあたりでは、珍しいことではございませぬ。盗賊どもはこれには手をつけませぬので、助かっております」

案内された場所には、確かに、桑畑があった。

暁が言う。

「広う見えますが、まだ思うように生糸《きいと》が取れませぬので、期待はされぬほうがよろしいかと」

「では、まだまだ増やす余地があるということか」

善衛門が言うと、暁がうなずいた。

すると佐吉が、生糸に力を入れてはどうかと提案した。

「生糸は貴重なものゆえ、儲《もう》かりますぞ」

「おお、それはよい考えじゃ。剣一筋かと思いきや、なかなかの知恵者であるな」

善衛門が感心すると、佐吉が嬉しげに笑った。

二人の話を聞きながら、信平は桑畑を眺めていた。お初が信平の前に立ったのは、その時だ。

何か気配を察したらしく、帯の後ろから小刀を抜き、

「お気をつけなさいませ」

皆に知らせて、小刀を逆手《さかて》持ちにして身構えた。

緊迫したお初の様子に応じた善衛門が手槍を構えた時、桑の木の陰から、黒装束の曲者が現れた。

暁が息を呑み、後ずさりしようとして尻餅をついた。

静かに、それでいて押し潰すような剣気を放ちつつ、曲者が迫ってくる。

「ま、待て、待て」

暁が声にならぬ声をあげて、足をばたつかせて後ずさった。

その暁の前に出た佐吉が、

「出おったな盗賊め、探す手間がはぶけたわい」

大太刀を引き抜き、

「平常無敵流《へいじょうむてきりゅう》が成敗いたす！」

大音声で怒鳴ると、斬り込んだ。

突進する佐吉に驚いたように、曲者どもが後退した。

「待てい！」

佐吉が追うと、別の木陰から曲者が現れ、一人で逃げようとしていた暁を狙って走る。

「お初」

信平が命じると、お初が手裏剣を投げた。

曲者が刀を振るって打ち払う隙を狙い、お初が斬り込む。

佐吉が追う曲者が立ち止まって振り向くと、一人二人と新手《あらて》が姿を現し、佐吉を囲んだ。

お初も、四人の曲者に囲まれた。

それぞれが戦いをはじめ、激しい攻防を繰り返しながら、信平から離されていく。

曲者は腕が立ち、小刀で戦うお初は押されていた。

信平はお初を助けようと前に出たが、異様なまでの気配を察して、立ち止まった。

その信平の前に、一人の曲者が現れる。

曲者は、黒装束に身を包み、茶筅髷《ちゃせんまげ》を結い上げている。黒い面頬《めんぼお》で顔を隠しているが、鋭い目をしており、身体から発する剣気が、ただ者ではない。

「殿、油断めさるな」

善衛門も察したらしく、手槍を捨てて、左門字を抜刀した。切っ先を向けてじわりと前に出ると、低く構え、

「とりゃぁ！」

気合をかけて斬りかかるも、曲者は紙一重で切っ先をかわし、手刀で善衛門の背中を打った。

前に出る勢いを逆に利用された善衛門は、後ろから突き飛ばされる形で前につんの

めりそうになったが、足を踏ん張って堪えた。

善衛門の攻撃を軽くかわした曲者は、猛然と信平に迫りつつ、抜刀した。

「むん！」

真横に一閃してきた刃風はすさまじく、恐ろしく早い。

信平はたまらず、狐丸を抜刀して受け止めた。

刃がぶつかる音と共に曲者が切っ先を転じ、袈裟懸けに斬り下ろす。

これを信平が弾き上げ、身を転じながら首筋を狙って狐丸を一閃した。

刃を激しくぶつけて、両者がぱっと飛びすさり、地を蹴って前に出ると、また刃をぶつけた。

両者の動きたるや素早く、身軽であり、互角であった。

割って入る隙をうかがう善衛門の目には、信平が劣勢に見えてさえいる。

ふたたび両者が飛びすさって離れた隙を突き、善衛門が斬りかかった。

「たあ！」

大上段から渾身《こんしん》の力で打ち下ろした善衛門の太刀をかわした曲者が、善衛門の腹に拳を突き入れた。激痛に前かがみになった善衛門の後ろに回り込み、尻を押すように蹴る。

蹴飛ばされた善衛門の眼前には、崖があった。下には、山の急流が轟々《ごうごう》と音を立てて流れている。

崖のぎりぎりのところでなんとか耐えている善衛門であるが、そよ風に押されただけで落ちそうだ。

「善衛門！」

助けようとした信平の前に曲者が立ちはだかったが、信平は刃をかい潜り、善衛門の腕をつかんだものの、一歩及ばず、もろとも川に落ちた。

「殿！」

二人が落ちる姿を見た佐吉は叫んだが、次々に繰り出される敵の刃に妨げられ、助けに行けない。

お初も同じで、手強《てごわ》い敵に囲まれ、窮地に立たされていた。切っ先を向け、じりじりと迫る曲者を前に、お初は、死を覚悟した。小刀の切っ先を向け、一人でも道づれにするべく身構えた。

空に口笛が響いたのは、その時である。

一斉に刀を引いた曲者が、蜘蛛《くも》の子を散らすように去っていく。すると入れ替わりに、暁の家来と思しき一団が、こちらに駆けてきた。

暁の屋敷にいた若党が、数名の侍を引き連れてくると、暁の前に片膝をついた。

「お代官様、盗賊一味を見かけたという知らせにより馳せ参じました」

「だめじゃ、もう手遅れじゃ」

腰を抜かしている暁は、震える手で川を示す。

「信平様が、川へ落ちられた」

「なんと」

若党が目を見開いた。

「お助けしろ。急がぬか」

暁に命じられて行こうとした若党を押しのけて、佐吉が走った。崖の縁に立ってみれば、下には、激流が白く泡立ちながら流れている。

「殿！」

身を乗り出して見ても、姿はない。

「ご老体！　殿ぉ……」

佐吉は、二人の身を案じてその場にへたり込み、がっくりとうな垂れた。

その襟首をつかんだのは、お初だ。

「川下へ行くよ」

厳しい顔で言い、川に沿って谷へ下りようとしたのだが、断崖絶壁に足を止められた。

「川は、村の東へ流れておりますぞ」

家人に手助けされてようやく立ち上がった暁が、東に聳える岩山を指し示し、麓へ流れていると言う。

「幸四郎《こうしろう》、案内をしてさしあげろ」

暁が若党に命じると、応じた幸四郎が駆け寄り、

「こちらへ」

佐吉とお初に言うと、桑畑を大きく回り込む道を駆けて行った。

佐吉とお初はその後に続き、信平と善衛門を捜しに、川下へ向かった。

「生きては、おられまい」

暁は、脇を支える家来の腕を払い、

「屋敷へ戻り、討伐《とうばつ》の支度をいたせ。できるだけ人を集めよ」

そう命じると、屋敷へ急いだ。

五

「殿……、殿」

頬をたたかれ、身体を揺すられて、信平は目を開けた。

青白い煙が、煤《すす》で黒くなった天井に立ちのぼっている。

「殿」

声をかけて、善衛門が覗き込んできた。

「ようござった。目を開けられましたぞ」

後ろを向いて、誰かに言っている。

信平は、崖から川に落ち、善衛門を助けようとしてもがいたが、渦に呑まれてからのことは何も覚えていない。だが、善衛門の顔を見て安心した。

「善衛門、怪我はないか」

「腕を少々痛めましたが、なぁに、たいしたことはござらぬ。それより殿は、どこか痛みますか」

不思議と、どこも痛くない。

善衛門の背後から鍋を持った女が現れ、信平の前にある囲炉裏に吊《つ》るしながら言う。

「いや、大丈夫じゃ」

「ほんとに、運がよかったですよ。あの崖から川に落ちて、かすり傷ほどですんだのだから」

女は若いように見えるが、共に座敷へ上がってきた男は、中年であった。

村の百姓だという二人は夫婦で、夫が三助《さんすけ》、女房がおりきと名乗った。

「松平、信平じゃ」

女房がにこやかに応じる。

「聞いていますよ。新しいご領主様ですってねぇ」

「おい、言葉に気をつけねぇか」

三助に言われて、おりきが首をすくめて舌を出して見せた。

三助が申しわけなさそうに頭を下げて、外に出ていった。すぐ戻った三助の両手には、二本の太刀がにぎられている。

「やや、なくしたと思うておったが」

善衛門が言うと、三助が言う。

「お二人はしっかりにぎられていましたが、柄と鞘が濡れていたもので、天日に干しておりました」

まだ乾いていないと言いつつ、納刀した狐丸と左門字を差し出した。

左門字の鞘には葵の御紋が入っているが、それが何を意味するか、村から出たことがない三助には、分かっていないのだ。

信平は狩衣を脱がされ、褌《ふんどし》も着けずに夜具を掛けられていた。

善衛門は継ぎはぎの着物を纏い、百姓の親父《おやじ》に見える。

「善衛門、曲者は追ってこぬだろうか」

「今のところは、静かなものです」

「襲うてきた者は、何者であろうか。ただの盗賊とは思えぬ」

「今、この二人から聞いておったのですが、身なりからして、盗賊の一味かと」

「きっと鬼丸《おにまる》様だね」

おりきが恐れぬ様子で教えた。

「ご領主様、盗賊を退治しに来なさったというのは、ほんとうですか」

「うむ。此度は隙を突かれたが、いずれ退治して、皆の暮らしをよくすることを約束しよう」

おりきと三助が顔を見合わせた。

信平が問う。

「三助」

「へ、へい」

「川から救うてくれたのは、そなたか」

「救ったと言うよりは、岸に流れ着かれていたのをお運びしたまでで」

「この恩は、決して忘れぬぞ」

「も、もったいねぇ」

おりきが身を乗り出す。

「褒美をくれるのですか」

「おい、よさねぇか」

「あんたは黙ってな。薪でも割ってきたらどうだい」

ぴしゃりと言われて、三助は押し黙った。

「今は何もないが、後日、届けさせよう」

信平が約束すると、おりきは嬉しそうにうなずいて、

「それじゃ、夕飯《ゆうはん》にしましょうね」

鍋のものを、器によそってくれた。

何も着けていない信平は、夜具を纏ったまま半身を起こした。

寒くはなかったので、腰から下だけを隠し、上半身は裸のまま、渡された器を受け取った。

竹で作られた箸を持ち、器の中のものを食そうとしたのだが、薄茶に濁った汁の中には、箸にかかるものは何ひとつ入っていなかった。

米ではなく、雑穀類の粒が浮き沈みするのみである。

「今夜は、それで我慢してくださいね」

おりきが、申しわけなさそうに言う。

「盗賊に米を取られて、苦労しておるようじゃな」

善衛門が言い、沈黙した。

三助とおりきが、また顔を見合わせている。

信平は、青臭い重湯を黙って飲み干し、おりきを驚かせた。

「不味《まず》くないですか」

決して旨いとは言えぬが、信平は、おりきのもてなしを嬉しく思い、

「もう一杯、所望したい」

器を差し出した。

おりきは器を受け取り、信平と善衛門の顔色を見ながらよそい、再び申しわけなさそうな顔をして渡す。

「二人も、共にいただこうぞ」

信平は誘い、二人が器を持つのを待って、口を付けた。

三助はごくりと喉を鳴らし、目をつむって飲み干すと、不味そうに顔を歪《ゆが》めている。

おりきも飲み、口をへの字にした。

毎日こうしているのかと思うと、信平は、桑畑で襲ってきた盗賊どもの姿が頭に浮かび、改めて憤りを感じた。

「必ず退治する」

自分に言い聞かせるように、皆に告げた。

その日の夜中、眠っていた信平は、人の気配が近づくのに気付いて、身を起こして狐丸をにぎった。

すると、月夜の薄明かりの中に女が座り、唇に指を当てて静かにしろと言う。

女は、おりきだった。

信平が静かに鯉口を戻すと、

「褒美をいただきに来ました」

おりきが小声で言い、着物の肩をはだけさせた。

「何を申しているのじゃ」

「だから、褒美ですよ。あたしら夫婦に、お子を授からせてください」

意味が分からずにいると、おりきが痺れを切らせたように、迫ってきた。

「よさぬか」

信平が息を呑んで後ずさると、善衛門がぱっと起き上がり、間に割って入った。

目を丸くするおりきに向かって、

「どれ、わしが相手をしてしんぜよう」

立ち上がって着物の前を開けた。

おりきがぎょっとして、

「ぎゃぁぁ！」

悲鳴をあげたものだから、三助が飛び起きて、

「な、なんだぁ」

あたりを見回したが、おりきが抱きついたので、豊満な胸に顔をうずめられて息が

できなくなり、手足をじたばたとさせて苦しんだ。

なんとか顔を離して、

「なな、何があったんだ」

着物をはだけさせている女房に訊くと、返答に困ったおりきが、着物の中に鼠が入ったのだと言った。

「わはは、そりゃぁ、災難災難。ほれ、乳をおさめて横になれ。そうじゃ、鼠が入らぬように、さっきのように、わしが顔をうずめといてやろう」

そう言って、夫婦は、何ごともなかったように横になった。

信平はあっけにとられ、善衛門は着物を羽織って、

「ふん」

鼻で笑うと、横になった。大あくびをすると、思い出したように頭を上げ、

「殿も、鼠に気をつけなされ」

言うと、すぐに寝息を立てた。

いったい、なんなのだ。

信平は、おりきの所業が理解できなかった。

このことは、翌朝になって、善衛門から聞いた。

信平がまだ気を失っている時に、善衛門は、朦朧《もうろう》とする意識の中で、夫婦の話を聞いていたのだ。それによると、

「こっちの若いのは、いい顔をしているね。どうだろお前さん。この人の子種を、もらおうか」

「お前がそれでいいなら、わしは文句はねぇ」

「ほんとうかい、お前さん」

「仕方あるめぇよ。この歳のわしには、きっと子種がねぇんだから」

などと、夫婦で相談していたらしい。

それゆえ、善衛門は信平を守るべく、狸寝《たぬきね》入りをしていたのだ。

信平が呆れていると、おりきが外から戻ってきた。

「あれ、お目覚めですか。もうすぐお米が炊けますからね」

何ごともなかったように、明るく言う。

善衛門が小声で言う。

「今、米が炊けると申しました」

言われてみれば、いい匂いがしている。

「さあ、いいのが炊けたよ。今朝は、たんまり食べてくださいね」

運んできた器に、白いご飯がてんこ盛りにされていた。

昨夜とは大違いだと、信平と善衛門が顔を見合わせ、白飯に箸をつけた。

ふっくらと炊き上がった白飯は、ほんのりと甘く、

「これは、旨い」

善衛門を唸らせた。

信平がうなずいていると、神妙な顔をした三助とおりきが揃って土間に座り、急に改まって頭を下げた。

「ご領主様に、お願いがございます」

「子種のことなら断る」

信平が即座に言うと、善衛門がむせた。

おりきが、耳まで赤く染めている。

三助が膝を進めて、

「昨夜のご無礼は、お許しください」

詫びると、子宝がほしいのは事実だが、それよりも、おりきの誘いを受けず、非礼を咎《とが》めなかった信平の人柄を信じて、頼みがあるという。

尋常でない様子に、

「申してみよ」

信平は、まずは話を聞くことにした。

「盗賊を、鬼丸様を、退治しないでくだせぇ」

「なんじゃと」

驚いた善衛門が声をあげ、左門字をにぎった。

「さては貴様ら、盗賊の仲間か」

「ち、ちげぇます。そんなんじゃねぇです」

「善衛門、やめよ」

信平が座らせて、話を続けさせた。

「命乞いをするわけはなんじゃ」

「こうして白いおまんまを出せたのは、鬼丸様のおかげなのです。鬼丸様がいなかったら、村の者は、大勢飢え死にしていたに違いねぇのです」

「米を奪う盗賊であってもか」

信平が言うと、三助は首を振った。

「ほんとの米泥棒は、お代官様です」

「何、代官じゃと」

そう言って驚く善衛門と、信平は顔を見合わせた。

三助が言う。

「汗水流して米を作っても、みぃんな持って行かれちまう。村の者が飢えようが、お構いなしでねぇ。酷かったのは三年前で、日照りが続いて米のできが悪かった時も、代官様は、いつもとおんなじように米を出させたので。わしら百姓は食うものがのうて、倒れる者が大勢出ました」

おりきが代わって言う。

「そんな時に、旅の浪人さんが村に来たんです。村の者が苦しんでいるのを見て、助けてくださったんです」

信平が訊く。

「その浪人者が、飢えに喘《あえ》ぐ村人を助けるために、山賊になったと申すか」

三助とおりきが神妙な顔でうなずいた。

信平が問う。

「鬼丸とやらが率いる者どもは、ただ者ではあるまい」

三助が答える。

「昔からのお知り合いが何人かおられますが、ほとんどが、村の若い衆です」

村を救うために立ち上がった若者を、鍛え上げたという。

それを聞いて、善衛門が声を潜めた。

「殿、怪しいですな。謀反《むほん》を企てる輩かもしれませぬぞ」

善衛門の言うことも一理ある。だが信平は、三助夫婦が嘘を言っているようには思えなかった。

「鬼丸が助け人なれば、麿はその者と、会うてみたい」

「殿！　お忘れか、我らを襲うてきたのですぞ」

三助が口を挟んだ。

「それはきっとご領主様が、お代官様の手助けをするために来られたんだと思われたのでしょう」

「ならば、会えるのじゃな」

信平が言うと、

「無理です。まずはわしが行って訊いてみなきゃ、命が危ない」

緊張した面持ちで繋《つな》ぎ役を買って出る三助に、信平が言う。

「急ぎ頼む」

「え、今からですか」

「都合が悪いのか？」

「いえ……」

三助が、ごくりと喉を鳴らして、立ち上がった。

「麿の供のことが気がかりじゃ。頼むぞ三助」

「へい、まかせてください」

三助は、鬼丸の根城に向かった。

六

その頃、佐吉とお初は、ついに信平を見つけることができず、疲れ果てて代官の屋敷へ引き上げていた。

佐吉は、信平が死ぬはずはないと言いながらも、悲しみに打ちひしがれていた。手ににぎり締めているのは、川下の木に引っかかっていた、信平の烏帽子だ。

暁の妻勝枝が女中に朝餉を運ばせ、佐吉とお初の前に膳を置いた。

「お疲れのことでございましょう。何もありませぬが、お召し上がりください」

佐吉とお初は、心遣いに頭を下げた。

暁が部屋に現れ、

「残念なことでございます」

神妙な面持ちで言う。

「殿は死んでなどおらぬ！」

佐吉が睨むと、暁はうなずいた。

「討伐の手勢を集めてございます。いかようにも、お使いください」

二十名を控えさせているという。

佐吉は頭を下げた。

「殿が盗賊どもの手に落ちているかもしれぬ。根城が分かれば、すぐにでも発ちたい」

「それならば、おおよその見当はついております」

「知っていて、これまで野放しにしていたのですか」

お初が訊くと、暁がため息をついて顔を向けた。

「盗賊の強さは、あなた方もご存じのはず」

そう言われては、返す言葉がない。

「僅か二十名の手勢で敵《かな》う相手ではござらぬが、お二人に加わっていただければ、きっと倒せましょう」

「元より盗賊を成敗するつもりだ」

佐吉は飯をかき込むと、器を荒々しく膳に置き、暁を睨んだ。

「盗賊どもの根城に案内いたせ」

「では、幸四郎に行かせましょう」

暁が言うと、共に信平を捜し歩いていた若党が来た。

暁は、幸四郎に期待の眼差しを向けた。

「幸四郎、頼むぞ。必ず、反逆者どもを成敗いたせ」

「かしこまりました」

幸四郎は、いたって冷静に応じると、佐吉とお初と共に、僅かな手勢を率いて出発した。

信平は、戻ってきた三助から、鬼丸が会うことを承諾したと聞き、案内すると言うので狩衣に着替えた。

狩衣はおりきが乾かしてくれ、汚れも落としてくれていたらしく、烏帽子をなくしたことを除けば、川に落ちる前となんら変わりはない姿である。

おりきに、世話になったと礼を言い、信平は、善衛門と共に出かけた。

案内されたのは、村の外れにある寺であった。

寺は、代官の屋敷近くにある寺とは違い、山の中腹にある。長い坂道を上って行くと山門が見えてきた。その奥にあるのが本堂らしく、小さな茅葺《かやぶ》き屋根が見える。

参道は鳥のさえずりのみで、人の姿はなく静かだった。

茅葺きの山門は閉ざされていた。頑丈そうな門扉《もんぴ》が、よそ者を寄せ付けぬ威厳を放っている。

「殿、油断めさるな」

善衛門が先に進み、あたりを警戒した。

杉林の中の参道を進むと、三助が山門に駆け寄り、門をたたいた。

「三助だ」

訪うと、程なく門を外す音がして、門が開けられた。

信平と善衛門を待って、三助が中に案内した。

門番をする下男が白い目で睨むようにして、頭を下げた。そして、信平たちが中に進むと、門を閉じて門をかけている。

「三助、ここは、ただの寺ではないようじゃな」

善衛門が訊くが、三助は答えずに、本堂へ誘った。

外から見た本堂は小さく見えたが、奥に細長い造りとなっており、軒下の竜の彫刻も見事なもので、なかなか立派な建物だった。

「中へどうぞ」

三助に言われるまま、磨き抜かれた一枚板の段を上がり、本堂の戸を開けると、一人の老僧が手を合わせ、こちらに向いていた。

「ようこそ、参られました」

頭を下げて迎える老僧を、

「ここの和尚さんです」

三助が教えて、中に入るよう促して戸を閉めた。

「正念寺《しょうねんじ》を預かる永慶《えいけい》にございます」

「鷹司、松平信平じゃ」

信平が名乗ると、老僧は承知しているという目顔でうなずき、座るよう促した。

信平は座らず、老僧に訊く。

「鬼丸とやらは、どこにおるのじゃ」

「大海《おおうみ》殿に会われる前に、松平様にお尋ね申す」

「鬼丸は、大海と申すのか」

「はい」

「申されよ」

「大海殿とお会いになり、なんとされるおつもりか」

「米を奪い、民を苦しめる者であれば、麿が成敗いたす」

「民のために生きる者であれば、いかがなされます」

「まことであれば、家来にしてもよい」

善衛門がぎょっとした。

「殿……」

「ほほう、家来に」

永慶が、目を細めた。

「家来にして、なんとなさる」

「それは、会うてからのことじゃ」

「なるほど……」

永慶が立ち上がり、信平と善衛門に見せたいものがあると言い、本堂の奥へ誘った。

長い廊下を歩み、裏庭にゆくと、そこには、大勢の村人が集まっていた。

子供から老人まで、ほとんどが女であるが、皆、痩せ細っている。

庭に火が焚《た》かれ、若い衆や、元気のある女たちが手分けをして、炊き出しがおこなわれていた。ただごとでないことが、この村で起きているのだ。

「これは、どうしたことか」

信平が訊くと、永慶が嘆息を吐いた。

「これが、村の真の姿。暁殿によって、苦しめられている者たちにございます」

「鬼丸様だ！」

女の声に応じて、善衛門が信平の前に出た。

左門字の柄に手をかけると、裏庭の端から、浪人風の侍が姿を現し、信平の足下に歩み寄ってきた。それに合わせて、本堂の座敷の奥や廊下、柱の陰から黒装束の者が現れ、信平を取り囲んだ。

「おのれ、昨日の者どもか」

善衛門が鯉口を切った。

「善衛門やめよ」

「殿、油断はなりませぬぞ」

「我らを斬る気であれば、昨日、斬られておったはずじゃ」

信平は、目の前にいる男が手加減をしたことを、見逃してはいない。

「善衛門、下がれ」

信平に言われて、善衛門は柄を押して左門字の鯉口を閉じると、その場に片膝をついた。

それを見た浪人者が鞘ごと刀を抜き、地べたに正座して前に置いた。

「拙者、大海四郎右衛門《しろうえもん》にござりまする」

名を名乗り、頭を下げると、黒装束の者どももそれに従った。

善衛門があっけにとられ、信平に顔を向ける。

「此度、この地を上様より賜った鷹司松平信平じゃ」

「はは。ご領主様と知らぬとは申せ、昨日のご無礼の段、平にご容赦願いまする」

「危うく、死ぬるところであった」

信平が言うと、大海はさらに頭を下げた。

「面を上げよ」

「はは」

「この村で何が起きておるのか、詳しいことを聞きたい」

信平は、部屋に入って座ると、大海と永慶を招き入れ、話を聞いた。

それによると、寺に助けられている民は、暁代官に田畑を奪われた者たちであった。

大海たちが信平を襲ったあの桑畑は、ここに逃れている村人の田畑だったのだが、米よりも生糸のほうが金になるという理由で、暁によって土地を取り上げられ、桑畑にされてしまったのだ。

田圃を潰《つぶ》せば、米の収穫が減る。本来は、天領を預かる代官の一存でできることではないのだが、重税に喘ぐ村人を救おうとした大海が米を奪ったのをこれ幸いに、年貢米が減ったのは盗賊のせいだと公儀に届け、助けを求めた。

小さな村に構っておれぬと、公儀から視察の役人が来ることもなければ、討伐隊をよこす気配もない。そこで暁は、桑畑を広げることをたくらみ、強引に田畑を召し上げ、桑の木を植えさせた。

その費用を捻出するために、さらなる重税を課し、村で取れる米の八割が、代官によって取り上げられていた。

「待て待て」

善衛門が話を止めた。

「村の米のほとんどは、おぬしらが奪うと聞いておる。それゆえ、公儀に出される米は二割にも達しておらぬのであろう」

「我らは、村の者が飢えぬ量しか奪っておりませぬ」

「では、残りの米はどこへ消えたのだ」

「代官殿が、ここに入れておられるのでしょう」

そう言った永慶が目をつむり、法衣《ほうえ》の懐に手を入れる真似をした。

善衛門が驚き、腕組みをして首をかしげた。

「あの代官が、そのようなことをするとは信じられぬ」

「苦しむ民を見ても、そう思われるか」

永慶に言われて、善衛門は唸った。

「だとすると、殿、これは許されぬことですぞ」

「うむ。とんでもない、大鼠《おおねずみ》であるな」

善衛門がうなずいて言う。

「鼠は退治しませぬと、大切な米を食い荒らしますな」

信平は廊下に出て、寺に助けられた村人を見回した。己の欲のために民を苦しめる者を、許すことはできぬ。

「善衛門」

「はは」

「代官を問い詰める。屋敷へまいろう」

信平の険しい顔を見て、

「承知！」

善衛門が大声をあげて立ち上がった。

「我らも、お供をさせていただきたい」

大海が願い出た時、にわかに外が騒がしくなった。

「表のようじゃ」

永慶が言うと、門番が裏庭に駆け込んできた。

「た、大変です。代官の手勢が攻めてきました」

「案ずるな、容易く門を破ることはできぬ」

「そそ、それが、武蔵坊弁慶《むさしぼうべんけい》のような大男によって、今にも破られそうなので」

「佐吉だ」

信平と善衛門は顔を見合わせた。

二人同時に言い、山門に急いだ。

「もうひと押しじゃ！」

気合をかけた佐吉は、丸太を脇に抱えている。

「おりゃぁ！」

怪力をもって、門扉を打ち破らんと突進した時、身軽に塀を飛び越えていたお初が、閂を外していた。

門扉がすんなり開いたことにより、佐吉と手勢の数名が勢いあまり、境内になだれ込んできた。

重なるように転んだが、皆を振り払って立ち上がった佐吉が、大太刀を引き抜いた。

「出てこい！　盗賊――」

目の前に現れた信平を見て、目を丸くした。

「と、殿」

気が抜けたような声を発して、

「生きておる。お初殿、殿が生きておられた！」

とうに気付き、信平に片膝をついて頭を下げているお初の肩をつかんで喜ぶと、信平に駆け寄った。

「殿、ようご無事で」

「ふむ。して、これは何ごとじゃ」

「ここは盗賊の根城にござるゆえ、退治しにまいったのです」

「まことの盗賊は、ここにはおらぬ」

信平が言うと、舌打ちをした幸四郎が眼光を鋭くし、配下の者に命じた。

「やれ」

信平は、手勢が取り囲むのを横目に、幸四郎に問う。

「なんの真似じゃ」

「すべてを消し去れとのご命令にて」

幸四郎は冷ややかな目つきで告げ、配下に顎で指図する。

応じた者どもが一斉に抜刀した。

「はなから、そのつもりであったか」

信平が言うと、気合をかけた配下が斬りかかってきた。

その前に立ちはだかった大海が、抜刀するなり刃を一閃した。

胴を斬られた配下が呻き声をあげて倒れるのを見て、他の者どもは怖気付いている。

「案ずるな。峰打ちだ」

大海が言うとおり、配下は気絶しただけだ。

幸四郎以外の者は、普段は鍬をにぎっている村の人間だ。雇われの役人だけに、命を賭してまで、代官に従う気はない様子。

そのことを知っている大海が、襷《たすき》鉢巻き姿の役人に言う。

「領主様に逆らえば、お前たちの命だけではすまぬぞ」

役人たちは顔を見合わせていたが、

「刀を引けい!」

永慶に一喝されて、慌てて切っ先を下げ、その場に片膝をついて信平に頭を下げた。

舌打ちをした幸四郎が下がり、山門から走り去った。

「何、それはまことか!」

代官の暁は、逃げ帰った幸四郎の知らせに顔を青ざめさせた。

もはやこれまでと知り、

「こうしてはおれぬ。急いでここから逃げるのじゃ」

妻の勝枝に支度を命じて、下男に馬を用意させた。

暁が幸四郎を連れて向かったのは、屋敷の裏にある隠し蔵だ。

木小屋の床板を外して隠し段ばしごを下りた所には、これまで貯《た》め込んだ金が、三つの千両箱に詰め込まれている。

「この金はわしのものじゃ。誰にも渡してなるものか。運び出せ」

「はは」

幸四郎に手伝わせて、千両箱を外に運び出した暁は、馬にくくり付けると、いざという時のために思案していた上方《かみがた》へ逃げるべく、妻の手を引いた。

「お代官様、それがしもお供を」

「いらぬ。お前はどこへでも行け」

幸四郎を捨て、何もかも捨てて、夫婦だけで逃げようとする暁の前に、信平が立ちはだかった。

ぎょっとする暁に、

「民を苦しめた罪、許すわけにはまいらぬ」

大人しく蟄居《ちっきょ》し、公儀の沙汰を待てと命じた。

「聞かねば、この場で成敗いたす」

信平が狐丸の鯉口を切ると、逃げられぬとあきらめた暁は、呆けたような顔でその場にへたり込んだ。

信平は、暁の仕置を公儀に委《ゆだ》ねることにして、代官屋敷へ幽閉した。

その上で、大海がいる正念寺を訪れ、永慶和尚を交えて対面した。

「大海殿」

「はは」

「そなた、民のために、麿に力を貸してくれぬか」

家来にならぬかと言うと、大海は驚いた顔を上げて、老僧を見た。

老僧はうなずく。

「信平様は、この村を預けたいと申されておる。村の衆に慕われておるそなたなら、お役に立てよう」

「そなたの力で、村を守ってくれぬか」

信平がそう言うと、大海は両手をつき、民の安寧を願った。

「これまで重税に苦しんだ民のために、今年の年貢率を下げてくださるなら、お受けいたしましょう」

武蔵国《むさしの》の浪人というが、なかなかの人物である。

信平は、大海の願いを聞き入れた。

驚いて腰を抜かしたのは、善衛門である。

「殿、紀州大納言様が申されたことをお忘れか」

五百石の年貢が納められなければ、松姫と共に暮らせぬ。

だが、領民の苦しみの上にある幸せなどあろうはずもなく、

「よい」

信平は、大海に委ねることにして、江戸に帰るべく、寺を辞した。

仕方なく帰ろうとした善衛門を、大海が引き止め、年貢がどうしたのかを訊いてきた。

善衛門は躊躇《ちゅうちょ》したが、

「と、いうわけだ。健気《けなげ》に振る舞われる殿を見ていると、涙が出てくるわい」

信平と松姫のことを語り、腕を目に当てて拭った。

「五百石にございますか」

大海が、永慶和尚と顔を見合わせた。

善衛門が言う。

「今申したことは忘れよ。殿の仰せのとおりに、村の衆のことを考えよ」

「はは」

「では和尚殿、これにてごめんつかまつる」

善衛門は永慶に頭を下げ、信平の後を追って寺を辞した。

七

信平が江戸に帰って、二月が過ぎた。

代官の暁胤光は、悪行が公儀の知るところとなり、切腹と、御家断絶を申しつけられた。

岩神村の民を救おうとした大海を代官にすることを正式に決めた信平は、年貢米の石高を知らされる日を迎えていたのだが、月見台に出て、草に止まる赤とんぼを眺めながら、のんびりと茶を飲んでいた。

今年の米は江戸に届かずとも、数字は気になる。

自分のことのように落ち着かぬのは、今や家老になった気でいる善衛門である。

岩神村からの使者が来るのを、今か今かと待ち侘《わ》びて、朝から屋敷中を歩き回っては、女中のおつうたちに、仕事の邪魔になると言って怒られた。

岩神村からの使者が到着したのは、昼過ぎのことであった。

迎えに出た善衛門の前に現れたのは、月代を剃り、立派な武士となった、大海であった。

「ようまいられた。ささ、殿がお待ちかねじゃ」

手を引かんばかりに書院の間に連れて行くと、急いで信平を呼びに行った。

信平は、二ヵ月ぶりに再会した大海の前に座り、まずは、村の衆の様子を訊いた。

大海が、村で見たのとは別人のように、明るい面持ちで言う。

「おかげさまで稲刈りも無事終わり、皆、喜んでおります」

「何よりの知らせじゃ」

「はは」

大海は、懐から目録を出し、信平の前に差し出した。

「今年の年貢米の子細を、これに記してございます」

信平は善衛門から受け取り、中を見ずに脇へ置き、大海に数字を訊いた。

大海は居住まいを正し、両手をつくと、信平に数字を告げる。

「代官屋敷に納められた年貢米は、七百石にございます」

思いもしない数字を聞いて、善衛門が嬉しげに口を開け、襖の奥から喜ぶ声が聞こえた。おたせか、おつうのどちらかが、思わず声を出したのだ。

信平は解《げ》せぬ顔で問う。

「年貢は免除するはずじゃが、屋敷に納められたとはどういうことじゃ」

大海は笑みを浮かべた。

「村の者たちが、納めたのでございます」

「それだけの量を出して、村の衆は食べていけるのか」

信平が案じると、大海はうなずく。

「無理をするなと申したのですが、村の者が、殿のために頑張ると申しまして」

取れた分の半数を出したという。

正念寺の和尚が、信平と松姫のことを村の衆に話したところ、たちまち村中に広まり、米が集められたのだ。

信平は善衛門を見た。

すると善衛門は、とぼけた顔を天井に向ける。

ため息をついた信平は、大海に言う。

「皆の心遣い、痛み入る。麿が礼を申していたと伝えてくれ」

「はは。来年はもっと石高を増やすと申して、皆張り切っております」

「心強いことじゃ」

信平は、村のために苦労をしてきた大海を労い、改めて、家来になってくれた礼を述べた。

大海は恐縮し、期待に添うよう励むと誓った。


「ほぉう、七百石を納められたか」

翌日、本丸御殿に参上した善衛門から知らせを受け、さすがの松平伊豆守も、感心したようであった。代官の不正があったとは申せ、領民が信平のために進んで米を出したというのには、舌を巻いた様子だ。

この報告に喜んだ将軍家綱が、

「大納言をこれへ」

小姓に命じて、徳川頼宣を呼んだ。

別件で登城していた頼宣が、何ごとかという顔をして下座に正座し、平伏した。

た。

「近《ちこ》う」

家綱に言われて、頼宣は老中たちのあいだを進み、上段の間のすぐ下まで近づい
「大納言」

「はは」

「そちは、信平が千石取りになったにもかかわらず、岩神村の実情を知り、五百石の年貢を納めさせせなければ松姫を渡さぬと申したそうじゃな」

「はっ、それは、その……」

言われてたじろいだ頼宣が、頭を下げるふりをして、下座にいる善衛門を睨んだ。

善衛門は、知らぬ顔を決め込んでいる。

「どうなのじゃ、大納言」

「そのようなことも、ございましたかな」

笑って惚《とぼ》ける頼宣に、家綱は表情厳しく言う。

「はっきりいたせ」

「はは、申しました」

「やはりそうか。此度信平は見事に領地を治め、七百石の年貢を納めさせたぞ」

家綱の言葉に、頼宣がぎょっとした。

「まさか」

「余が嘘を申しておると思うか」

「い、いえ、けっして、そのようなことは」

「余は、約束を違《たが》える者は信用せぬ。よいな、大納言」

「おそれながら、信平殿は官位を賜り、千四百石の旗本。今の屋敷では、身分にそぐわぬかと」

頼宣がこう切り返すと、阿部豊後守が言う。

「そのことならば、ご案じめさるな。信平殿には年明けにも、それ相応の屋敷を与えられることが決まってござる」

こう言われては、観念するしかない。

「では、その屋敷へ入られる時には、信平に松姫を渡すことを約束した。

頼宣はついに、信平に松姫を渡すことを約束した。

満足そうにうなずいた家綱は、下座に顔を向ける。

「善衛門、しかと聞いたか」

「はは」

「急ぎ屋敷に戻り、信平に知らせてやれ」

「承知いたしました」

阿部豊後守が続いて口を開く。

「屋敷のことは追って……」

そこまで言った時には、善衛門は廊下を走っていた。

「あ奴め、慌ておって」

書院から聞こえる笑い声を背に、

「殿ぉ！　やっと、やっと、夢が叶いますぞぉ」

善衛門は目を潤ませながら、本丸御殿の廊下を走った。

江戸の空が、どこまでもすっきりと晴れ渡った日のことである。

本書は『千石の夢　公家武者　松平信平5』（二見時代小説文庫）を大幅に加筆・改題したものです。

|著者|佐々木裕一　1967年広島県生まれ、広島県在住。2010年に時代小説デビュー。「公家武者　信平」シリーズ、「浪人若さま新見左近」シリーズのほか、「若返り同心　如月源十郎」シリーズ、「身代わり若殿」シリーズ、「若旦那隠密」シリーズなど、痛快かつ人情味あふれるエンタテインメント時代小説を次々に発表している時代作家。本作は公家出身の侍・松平信平が主人公の大人気シリーズ、その始まりの物語、第5弾。

千石《せんごく》の夢《ゆめ》　公家《くげ》武者《むしゃ》信平《のぶひら》ことはじめ㈤
佐々木《ささき》裕一《ゆういち》

講談社文庫
定価はカバーに
表示してあります

2021年９月15日第１刷発行

発行者――鈴木章一
発行所――株式会社　講談社
東京都文京区音羽2-12-21　〒112-8001
電話　出版　(03) 5395-3510
　　　販売　(03) 5395-5817
　　　業務　(03) 5395-3615

KODANSHA

デザイン―菊地信義
本文データ制作―講談社デジタル製作
印刷―――豊国印刷株式会社
製本―――株式会社国宝社

Printed in Japan

ISBN978-4-06-524593-4

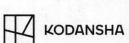

講談社文庫刊行の辞

二十一世紀の到来を目睫に望みながら、われわれはいま、人類史上かつて例を見ない巨大な転換期をむかえようとしている。

世界も、日本も、激動の予兆に対する期待とおののきを内に蔵して、未知の時代に歩み入ろうとしている。このときにあたり、創業の人野間清治の「ナショナル・エデュケイター」への志を現代に甦らせようと意図して、われわれはここに古今の文芸作品はいうまでもなく、ひろく人文・社会・自然の諸科学から東西の名著を網羅する、新しい綜合文庫の発刊を決意した。

激動の転換期はまた断絶の時代である。われわれは戦後二十五年間の出版文化のありかたへの深い反省をこめて、この断絶の時代にあえて人間的な持続を求めようとする。いたずらに浮薄な商業主義のあだ花を追い求めることなく、長期にわたって良書に生命をあたえようとつとめるところにしか、今後の出版文化の真の繁栄はあり得ないと信じるからである。

同時にわれわれはこの綜合文庫の刊行を通じて、人文・社会・自然の諸科学が、結局人間の学にほかならないことを立証しようと願っている。かつて知識とは、「汝自身を知る」ことにつきていた。現代社会の瑣末な情報の氾濫のなかから、力強い知識の源泉を掘り起し、技術文明のただなかに、生きた人間の姿を復活させること。それこそわれわれの切なる希求である。

われわれは権威に盲従せず、俗流に媚びることなく、渾然一体となって日本の「草の根」をかたちづくる若く新しい世代の人々に、心をこめてこの新しい綜合文庫をおくり届けたい。それは知識の泉であるとともに感受性のふるさとであり、もっとも有機的に組織され、社会に開かれた万人のための大学をめざしている。大方の支援と協力を衷心より切望してやまない。

一九七一年七月

野間省一

松岡正剛
外は、良寛。
良寛の書の「リズム」に共振し、「フラジャイル」な翁童性のうちに「近代への抵抗」を読み取る果てに見えてくる広大な風景。独自のアプローチで迫る日本文化論。
解説=水原紫苑　年譜=太田香保
978-4-06-524185-1
ま L 1

柳　宗悦
木喰上人
江戸後期の知られざる行者の刻んだ数多の仏。その表情に魅入られた著者の情熱によって、驚くべき生涯が明らかになる。民藝運動の礎となった記念碑的研究の書。
解説=岡本勝人　年譜=水尾比呂志、前田正明
978-4-06-290373-8
や P 1

講談社文庫　目録

講談社文庫 目録

椎名　誠　〈にっぽん・海風魚旅4〉大漁旗ぶるぶる乱風編
椎名　誠　〈にっぽん・海風魚旅5〉南シナ海ドラゴン編
椎名　誠　風のまつり
椎名　誠　ナマコ
椎名　誠　埠頭三角暗闇市場
真保裕一　連鎖
真保裕一　取引
真保裕一　震源
真保裕一　盗聴
真保裕一　朽ちた樹々の枝の下で
真保裕一　奪取(上)(下)
真保裕一　防壁
真保裕一　密告
真保裕一　黄金の島(上)(下)
真保裕一　発火点
真保裕一　夢の工房
真保裕一　灰色の北壁
真保裕一　覇王の番人(上)(下)
真保裕一　デパートへ行こう!
真保裕一　アマルフィ〈外交官シリーズ〉
真保裕一　天使の報酬〈外交官シリーズ〉
真保裕一　アンダルシア〈外交官シリーズ〉
真保裕一　ダイスをころがせ!(上)(下)
真保裕一　天魔ゆく空(上)(下)
真保裕一　ローカル線で行こう!
真保裕一　遊園地に行こう!
真保裕一　オリンピックへ行こう!
篠田節子　弥勒
篠田節子　転生
篠田節子　竜と流木
重松　清　定年ゴジラ
重松　清　半パン・デイズ
重松　清　流星ワゴン
重松　清　ニッポンの単身赴任
重松　清　愛妻日記
重松　清　青春夜明け前
重松　清　カシオペアの丘で(上)(下)
重松　清　永遠《とわ》を旅する者〈ロストオデッセイ　千年の夢〉
重松　清　かあちゃん
重松　清　十字架
重松　清　峠うどん物語(上)(下)
重松　清　希望ヶ丘の人びと(上)(下)
重松　清　赤ヘル1975
重松　清　なぎさの媚薬(上)(下)
重松　清　さすらい猫ノアの伝説
重松　清　ルビィ
新野剛志　八月のマルクス
新野剛志　美しい家
新野剛志　明日の色
殊能将之　ハサミ男
殊能将之　鏡の中は日曜日
首藤瓜於　事故係生稲昇太の多感
首藤瓜於　脳男　新装版
島本理生　シルエット
島本理生　リトル・バイ・リトル
島本理生　生まれる森
島本理生　七緒のために

講談社文庫　目録

鈴木大介　ギャングース・ファイル〈家のない少年たち〉
鈴木みき　日帰り登山のススメ〈あした、山へ行こう!〉
砂原浩太朗　いのちがけ〈加賀百万石の礎〉
瀬戸内寂聴　新寂庵説法　愛なくば
瀬戸内寂聴　人が好き［私の履歴書］
瀬戸内寂聴　白道
瀬戸内寂聴　寂聴相談室 人生道しるべ
瀬戸内寂聴　瀬戸内寂聴の源氏物語
瀬戸内寂聴　愛する能力
瀬戸内寂聴　藤壺
瀬戸内寂聴　生きることは愛すること
瀬戸内寂聴　寂聴と読む源氏物語
瀬戸内寂聴　月の輪草子
瀬戸内寂聴　新装版 寂庵説法
瀬戸内寂聴　死に支度
瀬戸内寂聴　新装版 蜜と毒
瀬戸内寂聴　新装版 花《か》怨《えん》
瀬戸内寂聴　新装版 祇《ぎ》園女御《おんにょうご》(上)(下)
瀬戸内寂聴　新装版 かの子撩乱
瀬戸内寂聴　新装版 京まんだら(上)(下)
瀬戸内寂聴　いのち
瀬戸内寂聴　花のいのち
瀬戸内寂聴　ブルーダイヤモンド〈新装版〉
瀬戸内寂聴・訳　源氏物語 巻一《まきいち》
瀬戸内寂聴・訳　源氏物語 巻二《まきに》
瀬戸内寂聴・訳　源氏物語 巻三《まきさん》
瀬戸内寂聴・訳　源氏物語 巻四《まきし》
瀬戸内寂聴・訳　源氏物語 巻五《まきご》
瀬戸内寂聴・訳　源氏物語 巻六《まきろく》
瀬戸内寂聴・訳　源氏物語 巻七《まきしち》
瀬戸内寂聴・訳　源氏物語 巻八《まきはち》
瀬戸内寂聴・訳　源氏物語 巻九《まきく》
瀬戸内寂聴・訳　源氏物語 巻十《まきじゅう》
先崎　学　先崎 学の実況! 盤外戦
妹尾河童　少年H(上)(下)
瀬尾まいこ　幸福な食卓
関原健夫　がん六回　人生全快
瀬川晶司　泣き虫しょったんの奇跡　完全版〈サラリーマンから将棋のプロへ〉
仙川　環《たまき》　幸福の劇薬〈医者探偵・宇賀神晃〉
仙川　環　偽装診療〈医者探偵・宇賀神晃〉
瀬木比呂志　黒い巨塔〈最高裁判所〉
瀬那和章　今日も君は、約束の旅に出る
曽野綾子　新装版 無名碑(上)(下)
三浦朱門 曽野綾子　夫婦のルール
蘇部健一　六枚のとんかつ
蘇部健一　六とん2
蘇部健一　届かぬ想い
曽根圭介　沈底魚
曽根圭介　藁《わら》にもすがる獣たち
曽根圭介　TATSUMAKI〈特命捜査対策室7係〉
田辺聖子　川柳でんでん太鼓
田辺聖子　ひねくれ一茶
田辺聖子　愛の幻滅(上)(下)
田辺聖子　うたかた
田辺聖子　春情蛸の足
田辺聖子　蝶花嬉遊図
田辺聖子　言い寄る

2021年6月15日現在